KB273790

법 아닌 법 앞에서

법 아닌 법 앞에서

4·3 법정 일기

허영선 지음

마음의숲

시인의 말

여기선 죽은 자와 산 자들이 만난다.
애도 받지 못한 자들의 법정
제주지방법원 201호
여기선 하늘의 사람들이 출석하고
가물거리는 핏줄들이 그들과 만난다.
울음의 움막에서 흘러나오는
그 소리들에 귀를 댄다.
제주 섬 어느 곳 어디에서나
부당하게 사랑을 빼앗긴 사람들,
사랑을 기다려온 사람들의 소리를 듣는다.

"우리 말 들어 봅서, 우리 말 들어 봅서"

우리는 누구입니까.
가슴 아래 묻어둔 기억들,
질문 속의 질문들,

끝도 없이 듣는다.
법 아닌 법 앞에서.

2026년 3월에
허영선

제1부

법 앞에서

법 아닌 법인 줄 몰랐습니다
죄라면
좋은 세상 꿈꾸며 숨죽이지 않던 죄, 맞습니다
죄명도 기록도 모른 사람들,
풀잎처럼 이 산천 저 산천 이송되었습니다
법 아닌 법 앞에서

당신은 귀환하지 못했습니다
한 방에 사라졌습니다
법 아닌 법 앞에서

기억합니까
산이 바다에 이르듯
달이 별에게 이르듯
아가야 곧 다녀오마
마지막 숟가락 마지막 목소리 펄럭이던
바람길 바닷길 떠나서 돌아오지 않는 사람을
기억합니까
이 눈 저 눈 재 속에서 몸부림치던
감자알 같던 허공의 사람들을

기억합니까

봄날에도 겨울처럼 떨며 어디론가
사라져 버린 이름 없는 어린 눈동자들을
팡팡 몰아치던 눈보라에 잡은 손 흩어지던 기억을
온 섬이 상주 없는 곡소리
상주가 될 아이들이 조문하는 섬
발굴하지 못한 뼈들의 섬입니다
어머니 아버지 부르지 못한 등뼈 휘어진 풀씨들
흐린 얼굴들 알아볼 수 있겠습니까

기쁘다는 말 몰랐습니다
당신의 아이가 당신 목숨 갑절도 더 넘길 때까지
슬픔도 하도 슬프면 눈물마저 숨는 법
누구는 환호할 땐 환호해야 마땅한 법이라지만
솟구치는 열광은 먼바다에 흘렀다지요
행복하면 안 되는 법인 줄 알았습니다
사랑하는 법조차 몰랐습니다
돌아서는 그 눈빛을 몰랐습니다

이 섬이 돌아서서 울려 합니다 울지마세요
죄라면 우는 법 푸르게 웃는 법 알았던 죄
울음에도 색깔이 있던가요
사납게 찢어지던 더러운 폭포 소리, 소리들

와랑와랑 밀려오던 미친 풍경들
대체 아름다운 것은 어디 있습니까
그러니까
이 섬이 하는 말
일생 기분이 안 났습니다

누구나 당연한 건 당연하다지만 당연하지 않았습니다
홀로 핀 동백이 홀로 질 때까지
꽃봄은 영영 타버린 줄 알았습니다
누구나 그러할 때 그러면 안 되는,
안 되는 게 법인 줄 알았습니다

서로서로 사는 법 알았습니다
한 숟가락 남겨라
남겨야 옆집으로 넘겨준단다
그래서 살았습니다

터질 땐 터져야 하는 법
기쁠 땐 기쁨이라 흔들리며 소송합니다

아침에 본 사람 저녁에 안 보이던,
사람씨 풀씨마저 안 보이던 시절

죄 없이 죄가 된, 법 아닌 법 앞의 사람들
모욕도 수치도 속수무책
법 아닌 법 앞에서
눈도 입도 다물던 사람들, 이제 한번
묻습니다 법 앞에서

거기 꽃 피었습니까

여기 꽃 피젠 헴수다˙

˙
여기 꽃 피려 합니다(제주어)

푸른 수인, 아버지
수형인 명부

보았습니다
그해 그날 날벼락 산 사람들 황당한 재판에
세상 엎는 죄 달고 형량 단 사람들
붉은 증거입니다

누런 보리밭 색깔 오래된 표지에
대붓으로 휘날리는 한자글 수형인 명부
사상에 저울추 달아 포박한
붓끝의 꼬리가 선득했습니다
봐선 안 될 숨겨둔 이름들처럼 그 속엔
남들 이름 가리고 드러난 아버지 있었습니다
세로줄엔 이름자 그 아래 생년월일
무시한 죄명 형량 적혔습니다

덜거덕 쇳소리 들렸습니다
아버지 수형인이면 수형인의 핏줄입니다
그 뜨거운 계절의 한낮
이미 상한 열아홉 청년
푸른 수인의 옷 입고 선 수인번호 1135
이제는 가고 없는 아버지 있었습니다
깊고 아득한 바람의 저편에서

명부엔
몸도 마음도 기울어가는 생의 꼭짓점에서
동경 공부 간 형님 어디 갔냐 하시던,
일본 가는 배 타러 갈 시간 안 되었냐고
방문 열고 조용히 목소리 짜내던,
지팡이 든 아버지 있었습니다

그리고 이 명부엔
조상님 꿈꾸고
가까스로 죽음의 앞창을 풀었다는
아버지 있었습니다

또 하나 이 명부엔
시퍼렇게 뜬 눈초리 앞에
바들바들 떨었을 생사의 그날이 찍혔습니다
푸르른 열 손가락 지문들이 검은 꽃잎인 듯
꾹꾹 새겨져 고향의 올레길처럼 선명합니다

먼 곳의 아버지 가슴에 단 수인번호
콕 낙하하며 나를 흔들었습니다

봐선 안 되었을 명부 이젠 죄 없으니

당당하게 열어보라

증거로 온 대전 발 명부입니다

이, 진술의 아침에

1
모든 진실은
스스로 회복하지 않으면 안 되었다
내가 아는 한 그들은 그랬다
스스로에게 진술하자
결심하고 나선 날 아침

눈보라가 살그머니 발부리에 걸어온다
허한 가슴을 훑고 가는
눈이 내 눈을 때리고 지난다

돌돌 저린 기억이 눈꺼풀을 말아 올리는데
말이 나올 텐가!
순식간에 오래된 생이 위태위태한 절벽 위
자력처럼 딱 붙어 떨어지지 않는데
말이 나올 텐가!
얼어붙은 망자가
내 곁에서 지켜보고 있는 줄도 모르고
좌절의 뼈와 희망의 뼛조각이
모두 회오리바람으로 뒤섞여 온 줄도 모르고
그날 그 순간이 바람으로
나를 흔들고 있다

2
“그렇다면 내 죄는 무엇인가요?”
법정을 울리는 소리
가슴 가운데로 날아와 못처럼 박혀 버렸다
당신이 내 곁에 앉아 있는 줄도 모르고
대신 진술하려 했던 것이다

그제야 알았다
모래알처럼 흩어지는 목소리
여전히 당신의 슬픈 비명은 바다 밑바닥을
긁어대고 있었던 것을

소리는 날아가 젖은 수평선을 문지르고
부글대는 검은 구름 위로
사력 다해 날아 올랐다
전능한 바다가
탕탕 물 아래서 쇳소리를 내는 것을 그제야 알았다

이, 진술의 아침에

우리는 누구입니까

법정 일기

감자흙 묻힌 채 여기 온 사람 맞습니다
절차도 없이 너무 이른 아침
들판으로 나갔습니다
감자와 감자끼리 연루되었나요?
나는 어디가 나의 기항지였는지 모릅니다
그저 감자처럼 뽑혀져 왔으니까요
그렇지요 갑자기 몰아치던 바람에
채 가을의 삶을 쓸어 담지 못했습니다
물론 이후 나의 아기를 본 적이 없으니
아비였던 적이 없습니다

그렇군요 아버지
모른다고 하였지만
나의 출생을 안다고 생각했어요
나는 강력하게 아버지의 피를 받았으니까요
당신의 온화함이 번져 있는 피
당신의 노동이 스며 있는 피
다정한 피를 받았으니까요
우린 만나고 있었어요
오늘의 화답이 곧 당신의 전 생이군요

그러니 이후는 세상에 남긴 내 근본 한 점

호적도 없이 스물까지 살았다는 말인가요
죄라면 이 또한 이후를 모른 죄 맞습니까

집으로 돌아갈 길을 빼앗긴 자가 묻습니다
어둠에 천만번 잠긴 우리는 누구입니까

당신들은 누구입니까

거기가 끝이 아니었음을

주정공장*에서

알죠 거기 있어 본 사람들은
끝난 게 끝난 것이 아니었다는 걸
동굴의 밤을 기어 나온 사람들은
밤의 마른 골짜기를 건너,
건너온 사람들은
그때 거기 쪼그려 앉아 밤을 지샌 사람들은

알죠 사랑이 저물기 전
해처럼 아이를 낳은 여자들의 까만 밤이 펄럭이고
털어놓을 그 무엇도 없어 탈탈 뭉개버린
여윈 자들이 앓고 있는 줄도 모른 채
손톱만 한 한 포기 눈 맞춤을 기다렸음을

알죠 지붕 없는 밤을 보낸 사내들
거기 있던 사내들은
거기서 끝난 게 끝난 것이 아니었다는 걸
그런 연후에
시퍼런 물결로
무명의 사람들이 무성하게 사라지고
단서도 없이 떠나가고
던져졌다는 것을

몰락하는 해처럼
우르르 바다로 숨는 별들처럼
당신은 돌아보지 않는 적막으로
묘연한 사람이 되었죠
짚 부스러기 만지작거리다
서로가 서로의 촛불을 켜놓을 새도 없이
타고난 명을 살지 못한 사람들이 떠나고
떠나가고
쑥도 풀도 죄다 햇볕을 만질 틈조차 없이
안 보이고

알죠 거기 살아본 여자들은
갓 태어난 잎들에 폭풍이
더 가까이 밀려오자 눈을 감아버렸음을
아이들이 분홍 구름으로 사라졌음을
눈 속을 헤친
시절의 꽃들이 안부도 없는 당신처럼
단명하였음을

알죠 갈라터진 날의 선명을
그날의 눈동자가
비로소 당신으로 닿았던 순간을

오래도록 굽이돈 검은 고동 소리에
투둑 한 장 엽서로 소리 없이 치던 당신을
그러므로 거긴, 끝이
끝이 아님을

•

동척회사로도 불렸다. 4·3시기 제주 최대의 수용소였던 이곳에서
부당한 고문과 죽음이 자행되었고, 형량이 확정되면 육지 형무소로
보내졌다.

녹두를 따다가

문창호°

1 피고인

네, 피고인 맞습니다
너무나 오랜 시간 끝에 당도했군요
내 그날을 어찌 잊겠습니까
녹두가 식식 소리내 울던 그날을

어머니와 나는 그 노란 가을날
푸른 녹두를 따고 있었지요
딱 그 순간 어떤 검푸른 옷의 사람들이
다짜고짜 나를 부르더니 내 손을 묶고
나갔단 말입니다

뒤돌아 외치는 아들을 향해
들을 수도 없는 어머니의 마지막 소리는 꺾여서
한발도 나가지 못하고
어머닌 타는 눈으로
손으로 손으로만
소리치고 있더란 말입니다 재판장님
어머니는 분명 알았을 겁니다 녹두가
스스로 부대끼며 귀를 막는 걸
그 아이가 아직도 녹두밭에 있다는 걸요

녹두가 대신 울었던가요 재판장님
소리 없는 소리를 들은 적 있으신지요
동동 흐느끼는 녹두만 잡아 피 토하듯
하늘로 발버둥 치던,
한 어머니의 빈 울음을

난 고작 열여덟이었고,
오로지 땅의 일밖에
모른 소년이었단 말입니다

그러니 재판장님
더 이상 할 말이 없습니다

2 오빠에게

오빠야, 한 번도 본 적 없는 오빠야
엄마는 오빠를 붙들지도 못하고
그들에게 삭삭 손만 비볐대
엄마가 그랬어
밤의 창문으로 비의 손이 박박 그을 때
치매에 든 엄마가 그랬어
녹두 따다 눈앞에서 아들 하나 오꼿

놓치고 말았다고

공포에 찬 눈은 이미 그날로 돌아갔어
마을은 온통 벌겋게 벌겋게 타올랐어
지붕까지 활활
엄마의 손가락은 몇 번이고 그날을 반복했어
그러다 파르르 깡마른 엄지와 검지론
누군가를 향해 겨누는 거야
치매 밖의 엄마는 내 손을 꼭 잡고 흔들었고
나는 손과 입술과 눈빛으로 소리치는 엄마의
그날을 봤고
이윽고 창문을 넘어온 비의 몸에
흠뻑 젖은 우리의 손가락 말들은 힘을 잃었어

그 밤, 울어도 너무 울어서 붉은 눈이었던
길고 긴 우리들의 수화
세상에서 가장 슬픈

。
문창호(당시 17세)
1948년 11월 하순경 어머니와 농사짓던 중 토벌대에 끌려가 인천소
년형무소로 이송, 징역 7년형을 언도 받고 복역 중 행방불명되었다.
2022년 8월 30일 제주지방법원에서 열린 4·3 직권재심 재판에 참
석한 여동생이 오빠를 대신해 무죄 판결을 받았다.

단전의 말

김정열°

새벽에 왔어요
누구도 눈치채지 않아야 해요

청보리 파랗고 검은 그늘 아래서
감실감실 눈살 홀리면 집 돌담에 올라
피 토하듯 사방 사방 그 이름 부르고 불렀죠

미안하구나 내 사랑아
너무 오랜 잠이어서
어디가 나의 집인지 알 수가 없구나
세상 끝과 끝별의 구역에서 너를 보는구나
보리밭에 눈물로 땅을 긁다가 돌아설 때마다
들리던 그 목청

어머닌 뇌선 달고 살았죠
여섯 살 딸에게 되뇌이던 모진 말씀은
우리 집 이 말은 배꼽 아래 꽉 눌러야 한다
중학 간단 딸에게 한글 눈만 트면 됐지
공불 왜 하냐
아버지도 오빠도 잃은 어머닌 모든 걸
잃은 자의 당부를 했죠

떠나거라 무조건 떠나거라
열아홉에 사내 만나 스물둘에 부산행
사위 손등 토닥이고 부비시며 그러셨죠
가서 돌아오지 마라
어디서도 여기 사람 말 하지 마라
바람도 구름도 언어를 금했죠
아침도 저녁도 모른 척했죠

재판장님 아시겠나요?
제 삶은 단전 아래 있어요
그러니까 오늘은 배꼽 아래서
올라오는 말들입니다
누르고 눌러붙은 말들이
뚫고 지나가야 할 말들입니다

모든 답변 없는 이별들아
안녕, 단전에 꾹 눌러버린 사랑아
떠나간 자와 남은 자의 말들을 쓸어 담아서
맺혔던 단전의 말 못 할 그것
지금 막 떨어졌답니다
탁!

김정열(1948년생)

김시협(당시 37세)의 외동딸. 아버지 김시협은 1948년 가을 토벌대에 연행된 후 당시 군사재판으로 내란죄 1년형을 선고받고 목포형무소에 수감 중 옥사. 제주농업중학교에 다니던 아들 김영환(당시 17세)은 1948년 6월경 토벌대에 끌려간 후 행방불명. 김정열이 대신해 2023년 5월 16일 직권재심으로 아버지의 무죄 판결을 받았다.

딸에게

이 곳에서 너를 보는구나 딸아
너는 한사코 넘어지지 않았구나
네 피는 뿌리의 뿌리로 흘러
숨길 데 없으니
먼 파도 뚫고 잘도 왔구나

딸아 네 얼굴이 여릿하구나
너무 오래된 잠이어서
어디가 산 자의 집인지
알 수가 없구나
구름의 나라에서 너를 보는구나
출렁이며 우는 보리밭
돌아서던 네 모습을 보았다만
함부로 소리칠 수 없구나

네가 그리도 소리쳐 부르던
청보리밭은 아직도 거기 있느냐

젖은 사랑의 부력 하나
법정 일기

어머니 굳은 발을 차박차박 따랐습니다

어머니 모은 두 손이 하늘 땅 오르내립니다
물 한 사발 떠 놓고 곱은 달에게
잠든 별에게 스밀까 이를까
어린 아들도 따라합니다

사람들이 그랬습니다
"멘날 바당에 가는 게 지치지도 안 허우꽈"
"아니여 나 아들 무언이° 만나러 감쩌"

활활 물에서 돌아온 어머니의,
밤의 기원은 여전하여서
검은 바다가 까망으로 사위어가도록 떠
어머니를 살린 숨은
젖은 사랑의 부력, 그 하나입니다

흰 수건을 머리에 두른 어머니가 옵니다
오사카서 귀향한 아들은
신문 만드는 일 했습니다
어머니는 우리말 부대끼던 스물의 그 아들을
만나러 가는 중입니다

재판장님
어머니의 속 웅얼이 무엇인지 나는
한 번도 묻지 않았습니다만,
피고인의 어머닌
일생 바다였습니다

상군해녀
나의 어머니 지금 잠에 들었을까요
물엣 것 찾듯
사랑을 휘익 찾다가 돌아보면 물길보다 먼
저곳, 그곳에서
이미 안도에 들었을까요

마침내 아득한 곳에서
한 소리가 한 소리의 부력을 따르는 소리 듣습니다

어머니 소리 따라
늘 뒤에 선 백발 아들이 두 손을 모읍니다
바람의 뿌리가 일으킨 대파처럼 꼿꼿한
어머니의 심지 푸른 소리가 옵니다

재판 없이 사라진 아들의 어깨에 비로소
일생 바다를 적시던 손을 얹습니다

○
장무언(당시 20세)
1948년 6월 언론사에 다니던 중 경찰에 연행, 1948년 12월 징역 20년
형(내란죄)을 선고받고 마포형무소에서 수감 중 행방불명되었다.
2021년 3월 16일 제주지방법원에서 열린 '4·3수형 행불인 재심청
구소송' 선고공판에서 동생 장정언이 참석, 무죄를 선고 받았다.

디아스포라

이한진°

보세요
저 벌렁이는 벌랑 바다를

흉통의 바다를 떠났습니다
대놓고 울지 못해서
울음의 거처를 찾아 떠났습니다
파도처럼 더 이상 숨지 않기로
울음이 떠난 곳에서 시작하기로
돌아온 곳으로 한사코 돌아가기로
먼 곳에 이르렀습니다
뒤돌아보지도 않았습니다

뉴욕의 찬 바닥에서도
좌초한 파편같이 뒤틀리고
쏟아지는 그날들
문 닫으면 다음의 문이 열렸습니다

참으로 먼 곳
돌아갈 곳을 찾지 못한 그 바다가 아니라면
어떻게 다다를까요
기억은 스스로 묻을수록 더 솟구쳐 오르고
말은 아래로 더 아래로 숨어 들어서

더 깊은 땅이 되었습니다
내가 견딜 수 없는 건
다다를 수 없던 그 겨울의 바다
내가 견딜 수 있는 것은 또한
되돌아 볼 수 없는 바다입니다

이한진(당시 12세)
뉴욕 거주. 제주4·3 당시 부모와 누이, 두 형을 잃었다.

유령의 법

한빈 한성 형에게°

형!
아무도 찾으러 가지 않은 것이 아니야
파도가 숨을 참는
유령의 밤에도 찾으러 갔어

형은 이제야 맨 몸으로 나를 안았어
정뜨르 비행장 활주로 유해번호 229
이제야 들었지 죄가 없다고

이제는 노래해야지
가없는 형의 노래를
내 늙은 뇌가 기억하지
형이 한 일이라곤 만주에서 돌아와
마을 사람들에게 노래를 가르쳐 준 일
그 노래가 동해물과 백두산이 애국가란 것
그게 무슨 죄라고

그 바다로 관통한 총알에도 형은
그들 중 숨을 비껴가 콩알처럼
홀로 살아 남았어
형은 몰랐겠지만
형의 생존을 껴안았다고

큰형은 알 수 없는 곳으로 간 거야
그게 무슨 죄라고

어머니도 누이도 단박에 사라지고
좁쌀만 한 희망이 조금은 풍선처럼 부풀어 오를까
관통상을 당한 파도는
치유될 수 있을까
아무것도 풀지 못하고 묻지 못한 채
홀로 걷다가
사랑 하나 붙잡고 다시 걷다가
묻혀진 죽음들의 땅과 점점 멀어졌습니다

보이지도 않는 미친 유령의 법
널뛰더니 그게 무슨 죄라고

그날 이후 형의 노래는 떠나지 않았어
먼 땅 휘황하고 낯선 거리에서
표정 잃고 배회하는 나를 깨웠어
형

○
이한빈(당시 32세)과 이한성(당시 27세) 형제
이한빈은 1948년 10월 토벌대에 연행되어, 1949년 7월 군법 회의
로 15년형을 선고받고 부산형무소에서 복역 중 행방불명. 이한성은
1949년 6월 군법회의에서 사형 언도, 10월 제주비행장(현 제주국제
공항)에서 총살됐다. 이한빈은 2021년 3월 16일, 이한성은 2023년
9월 26일 제주지방법원 제39차 군법회의 직권재심을 통해 무죄를
선고받았다. 2024년 2월 당시 제주비행장 발굴 유해 중 이한성의
신원이 확인돼 동생 재미교포 이한진이 유해를 안았다.

감정 대리인

캐롤린 리°

파도 속 비명이었습니까
파도가 대신 했어요
바람이었습니까
바람이 대신 받았어요
당신은 흙밭에서
자유로웠다고 했어요
돌바닥에 흙바닥에 말을 했다지요
감정을 달라고 한 적도 없는데
돌과 흙이 대신 했어요

감정을 주세요
당신들을 대신한 감정이어요
우리는 당신을 기다렸어요
감정을 갖고 가시길요
모든 감정이 위험한가요
죽지도 않았는데
어째서 분노도 눈물도 기쁨도
오지 않는 건가요
올 수 없다면 내가 당신에게 갈게요
말할 수 없다면 내가 대신 말할게요

당신을 대신한 사람들이

태어나고 또 태어나고
다시 수습하고 닦아줄 테니까요

한번 내란을 살아본 사람들은

눈부시게 화사한 눈보라가
강력한 포고령을 휘몰고 왔다
피할 수 없던 그해 겨울의 선언이
먼 곳에서 들렸다

집으로 돌아갈 길이 막힌 사람들은
구름들
거리들
나무들로 걸었고
가로지르지 않고
돌아서 가는 길을 찾느라
어둠이 된 자들이
스스로 어둠을 밀고 밀었다
사람들은 움츠린 심장을 깊숙이 누른 채
무르팍을 세우고 진격에 진격을 한다
소리를 내지 않았다
누구라도 눈빛을 마주쳐선 안된다

꽁꽁 숨는다고 숨어 봐라
성벽을 치는 사람들과 폐쇄된
관저로 향하는 사람들이
그 겨울의 어리석은,

미친 계엄령을 단숨에 부숴 버린다

방향이 다른 삶들이 대치하는 밤
가슴 속 삶의 고동을
느껴본 적 없는 잠복한 자와
맘대로 사랑을 앗아간 자들의 세상
더 이상 도망갈 데란 없어
끝끝내 헛물을 켜는 자들을 향해
사람들은 서로가 서로에게 거리낌 없는,
목숨 건 신호들을 보내고 있었다

멈추지 않는 눈발이
현재를 얼어붙게 한들
미래는 얼어붙지 않지
어떤 음모에 걸릴지라도
끝인 듯 끝이 아닌 힘으로 우린
진격하는 법을 알지
한번 그래본 적 있으니

그러니, 이후는 묻지 마시길

거스로라는 말

박화춘°

그러니 거스로라는 말을 아시나요
아흔다섯 살아서 단 한 번 발설합니다
재판장님 너무나 부끄러워서요
그래서 늦었습니다
정말이지 보리 한 되 준 죄로
언 몸 거스로 비잉빙
종일 물매 맞았습니다

거스로는 거꾸로라는 말
곰곰 생각해 보자
이 말은 과연 인간의 말인가
그러니 거스로는 시리디시린 말

뿐인가
허락 없이 몸통을 거스로 흥글흥글
풀잎처럼 나부끼던 임부의 비명에
눈도 귀도 막아버린 그 나무의,
밑둥까지 피에 베인 그 나무의,
거스로는 두렵고 두려운 말
가릴 수도 잡을 수도 없다는 당신의 말
핑핑 앞으로 내질러야 살 수 있던 산
앞달리던 아들이 안 보이는 엄마 찾아

거꾸로 달리다 그만 포박되었다는
슬프디 슬픈 산 자의 말

그런데
잔해 속 튀르키예 그 소녀
동생 품고 기어이 하늘을 떠받쳤다지
온몸으로 거대한 공간을 떠받쳤다지
흔들리고 무너지는 더미 속 사람들은
거스로 받쳐내야 살았지
두더지처럼 굽을 파야 살았지

그러니 거스로는
죽을 수도 살 수도 있다는 말
버티고 버텨내야 한다는 말
때론
우리 생에도
거스로 피어나는 잎새가 있지

그러니, 거스로는 부끄럽지 않은 말

박화춘(당시 21세)

4·3시기 세 살 아이를 품에 안은 채 수형인이 되었고, 2022년 2월 6일
95세로 직접 법정에 출석, 재심 무죄 판결을 받았다.

사랑, 여기 이만치 누워

1 사랑
얼마나 굽이쳐야 당신은 돌아올까요
한 고개 넘었는데 또 고개
철길 찾아 보따리 들고 나갔으나
다시 돌아왔습니다
폴폴 감긴 어둠 속에 보이진 않았겠지만
명랑하진 않았으나 비굴하진 않았습니다
행복하진 않았으나 주저앉지 않았습니다
아이 하나 낳을 때마다
방울방울 입가를 적셨던
기억을 아시는지요
생좁쌀도 없어서
젖 굶은 아기를 위해 뛰어다닐 땐
사는 게 벼락 치는 전쟁 같은 날이었으나
함부로 생울음 보이진 않았습니다
운다는 건 세상 끝 한도 끝도 없어서
울고 또 울어도
같이 늙어가자 하던
당신의 문은 닫혀 있어서

2 연루

혹시 집으로 돌아오는 길 잊었습니까 아니 이미 돌아오셨습니까 캉캉 마른 흙 가슴팍 두드리면 대답할 줄 알았습니다 10년만 기다리면 돌아오기로 딱 10년만 기다리기로 또다시 10년에 또 10년 일곱 바퀴 돌고 돌았습니다 눈으로 귀로 찾던 당신의 마지막 지점 독독독 산지항 달렸습니다 재가 된 가슴팍 떠나고 떠나 초록 한 철 무덕진 물빛 계절 돌아왔는데 기다리지 않아도 초토화의 꽃들도 돌아오는데 당신은 돌아오지 못한 사람 당신의 꿈은 무엇에 연루되었고 우리는 무엇에 연루되었을까요

3 여기 이만치 누워

여기 이만치 누운 나는 안다
신새벽 주먹밥 안고 동척회사 달려온 나의 그대를
찐감자 우리 오빠 전해달라 빌던 나의 누이를

자라면서 주눅든 아들아,
네 등을 향해 삼촌들이 그랬겠지
네 아비 얼굴 보고 싶거든 네 얼굴 봐라
자라면서 학교에서 거짓말도 있었겠지
네 아버진 병들어 떠났지

그리 죽은 사람 아니란 것

생존하였으니 살아야 했던 당신을 안다
여기 누운 내가 말할 수 있는 단 하나는
여기 돌아가지 못할 죄를 지닌 사람은 없다는 것
너에게 꽃씨 하나 쥐어 줄 자유를 준 자는
누구도 없다는 것이다

여기, 이만치 누운 내가 정녕 바라는 것 있다면
너의 슬픈 눈가에서 비로소 미소를 보는 것
마당 가에 내가 심은 그 동백꽃 피고 또 필 때까지
오래오래 나에게 너를 보여주었으면 하는 것
너의 아기의 아기가 태어나
분홍의 볼을 만질 수 있었으면 좋겠다는 것이다
우린 모면할 수 없던 순간 행방불명된 자들,
주저앉고 싶던 너의 어제 앞에 오늘 내가 손을 건넨다

잊지 마라
나의 생일은 너의 오늘이란 것
허니 긴긴 어둠 속에 휘젓지 말기를

어느 부부°

법정 일기

폭풍이 잠시 멈췄습니다
우린 그물을 짜던 열아홉 동갑 부부
환희에 찬 만선의 그물 앞에서
우린 꼼짝없이 그물에 걸린
물고기처럼 연루되었습니다

함께 목포항에서 작별하고 각각의
수형을 보낸 우린
영도 다리 위에서 만났습니다
가늘고 노랗게 핏기 뜬 황금빛 그날
먼 걸음부터 나는 당신인 줄 알았습니다
당신도 들풀처럼 휘청이는 다리 위의 여자를
한눈에 담았겠지요
우린 얼어붙은 입으로 눈물로
우두커니 서서 뒤늦게 손을 잡았던가요
대체 우리는 무슨 일을 건넜을까요
고향 떠난 우리는 참으로 뭉그러진
날들을 견뎠습니다

그제야 알았습니다
우리에겐 절대 침묵이
지배하고 있다는 것을

우린 이미 수많은 비명들의 목격자입니다
서둘러 사흘 밤도 사랑을 못 한 영도의 새벽에
당신은 전장터로 떠났습니다
제발 빌고 빌었습니다
다시 또 죽음의 빗발을 면하고 오시길

삶이란 그저 몰아치는 빗발을 건너는 것인가요
삶이란 분명 강물 같은 것을 건너는 건
전혀 아니랍니다
기어코 말하진 안 하였으나
당신 떠난 연후에 내가 건넌
그 길은 강의 길이 아니었고,
생각 없이 파도에 몸을 던진 시간이었고
파도가 몸을 훑은 시간이었죠
획획 물살이 세게 때려도 죽은 귀청이
살아나지 않아도
두려울 것 없던 시간이었네요

바다도 진정시킬 수 없는 마음의 폭풍입니다
그날의 바닥을 훑고 쓸어낸다 한들
내 모욕의 이랑들을 지나
그 비명의 계곡들을 지나

두개골 잠 못 드는데 은폐가 될까요?
손톱 발톱 흔들던 물살이
골수를 후벼판다 한들 기억은
그냥 집으로 가는 길을
잃어버린 건 아니었지요

맞습니다

"죄와 상관없이 우리가 처한
상황에 죄가 있다"•는 말은 맞았습니다

•
프란츠 카프카, 8절판 노트, 1918년 1월 20일(《카프카의 아포리
즘》, 편영수 엮고 옮김, 문학과지성사, 2021, 54쪽).

°
윤세선(당시 18세)과 강상호(당시 18세) 부부
1948년 가을 두 살 아들을 남겨두고 토벌대에 연행. 군사재판을 받
고 윤세선은 전주형무소에서, 강상호는 인천형무소에서 1년 복역
후 함께 석방돼 살다가 1993년과 2002년 사망했다. 2024년 10월
29일 아들이 대신해 4·3직권재심에서 무죄판결을 받았다.

어느 딸

김정자°

아들 대신 피할 길 없었겠지요
부산 대신동 교도소
제주집 1518번지로 전보가 왔습니다

전보 쪽지 든 어머니 배 타고 홀로 달렸습니다
교도소지기 말하길,
같이 묻힐 사람 없어서
사흘 되도록
한 사람도 죽지 않아서
할 수 없이 한 구덩이 돌 표시 해놓았다고요

일본제 시계 팔목 표적으로
겨우겨우 얼굴 맞췄답니다
남포동 시장통 옆 빈자리에 관짝 내려놓고
함덕 사람 찾아 물 한 방울 틈새 없이
쾅쾅 도당으로 관 싸고 밤새 지켜서
객선에 함께 온 어머니
김춘맵니다

바깥 주검 안으로 못 들인다 하여도
절에서 왈칵 온 할머니 말하시길,
우리 아들 이녁집 안방에서

"

고운 잠 단 한 번 못 들고 죽었는데
어서어서 이불 펴라
더운 밥에 한 상 가득 차려 올 테다

그 아들 삼칠일 집에 들여서
돔박낭 머들동네 남의 밭에 빌려 묻었던,
히로시마에서도 조상님 꿈에 나타나
간발에 살아 돌아왔다는 아버지
김홍영입니다

。
김정자(당시 8세)
아버지 김홍영(당시 28세)은 1949년 7월 농사짓다가 붙잡혀 군법
회의에서 국방경비법 위반죄 15년형을 받고 부산형무소 수감 중
1950년 10월 22일 옥사. 2023년 6월 13일 제주지방법원에서 열린
4·3군사재판 직권재심에서 딸 김정자가 출석, 무죄 판결을 받았다.

연좌제

그러니까 그날 이후
나는 다른 사람이 되어야 했습니다
다른 결정을 해야 했죠
남들과 똑같이 웃어도 안 될 일
남들보다 먼저 손을 들어선 더 안 될 일
길은 하나
평등하지 않습니다
입 다문 나무처럼 나는
한 길을 걸어가야 했죠
왜 길은 하나일까
왜 다른 길이 없을까
악 다물고 선 나무도 그 자리서 싹을 틔우고
이파리가 피었다 지고
자갈밭에 드러누운 언 가지도 거기서 꽃을 피우고
물에서 싹 트는 소리 거침없는데

거친 땅 위로 세월은 아득히
아득히, 발뒤꿈치 세워
솟아오릅니다
꿈속에도 붉은 달 속으로 자라는
싹이 되어선 안됩니다
나는 나의 길을 만들어야 합니다

언덕을 넘을 때마다
누군가 보이지 않아야 했습니다
반드시 사람들이 보이지 않는 방향이기를
어쩌다 마주칠 때면 먼 시선입니다
물론 나는 잘못한 적이 없습니다
우리 중 누구도 그런 적이 없으니까요

그런데도 나는 돌아서 갑니다
나를 안다고 느끼죠
그들이 그날을 기억한다는 것을

곧 해산하는 헐거운 붉은 달빛이
가지를 뻗는 신음 소리를 냅니다
삐걱거리는 하루가 가는 소리
시린 설움이 만삭처럼 꽉 찼던 날
나는 그렇게 방향을 틀었습니다 깨끗이

어느 재판장이 말하기를

농사짓다 낚싯줄 잡았다가
그렇게 갇혔습니까
세상에
법의 칼날은 때로 무도하여서
혹시 부딪힌다면
차갑게 돌아서야 합니다
하늘에서 몰라볼 수 있을까 염려하지 마세요
이미 알아봤을 겁니다
연좌제란 어느 법에도 없는
해괴한 제도 때문에 이렇게
살아왔군요

사람의 기억은 질긴 탯줄 같은 것이어서
사슬처럼 이어서 떠난 그들은
이미 돌아오셨습니다

그러니 죄 없으니
부디 머리 숙이지 마세요
부끄러운 일이란 없습니다
버티고 버틴 삶
이미 서로 부둥켜안고 만났습니다

허니, 바랍니다
이젠 울음의 집에서 나오시기를

돌이킬 수 없는 반쪽
수인번호 7246 김경인에게°

월평마을 '수경 쌀 상회' 앞
녹나무 늘어진 늙은 올레엔
수인번호 7246 숫자가 떠돈다
한밤에도 죽순처럼 올라오는
진초록 양하 돌담 아래
웅크린 숫자
흙바람벽 숭숭 오가던
전주 거쳐 서대문형무소
영문 없이 차디찬 시멘트벽 눈바람살 가격한
맹골의 그해 겨울
열아홉 홍조의 반쪽 볼 그늘
난데없이 굳어가더니
갈라터진 돌 근육처럼 휘덮이던 붉은 겨울
감기지 않는 눈
감을 수 없던 그 겨울의 벽
안 보이는 벽에 비친
다시는 돌이킬 수 없는 반쪽
벽을 향해 돌아누워도
쉴 새 없이 잠복했다 달려들던 검은 파도
아서라 마비된 건 얼굴뿐인가
가슴이다
웃음골이다

누구도 마주 볼 수 없는
다시는 열 수 없는 딱딱한

김경인(당시 18세)
농사짓고 살다가 이유 없이 1949년 군사재판으로 1년형을 받고 전
주형무소에 한 달 수감된 후 서대문형무소로 이감되었다. 10개월
만에 석방됐으나 후유장애를 입었다. 2019년 1월 17일 제주지방법
원에서 열린 '제주4·3사건 생존수형인 재심재판'에서 공소기각, 사
실상의 무죄를 받았다.

70년 만의 답
법정 일기

— 할머니, 더 할 말이 없을까요?

바닥을 문지르는 소리
안 뽑히는 그녀 목소리 들었다
깊은 말을 하라지만 아시나요
나올 듯 나올 듯 봉쇄된 귀 먼 침묵을

엇수다˙
아무것도 엇수다

(이미 건질 것 없다는데
아무려나 말하면 당신들이 내 말을 알겠나
열아홉 그 겨울
철문의 바람벽 위로 얼굴 부벼댈 때마다
뭉개지고 굳어진 돌처럼 얼어붙은
가슴 탕탕 불기둥을 알겠나
어둠과 어둠을 돌고 돌다 보면 비로소
웅웅거리는 나의 아침을)

똑똑히 들었다
증인석 휠체어 밀고 나오던 그녀의,
ㄴ 끄윽 꺾어지면서 밖으로 부서지며

쏠리듯 흩어지는 말들을

들었다
감추지 못한 발갛게 비틀린 얼굴
법정 문밖까지 멈추지 않던
갈라지고 찢어지는 숨비소리
그 마지막 한마디

헛헛한 그 말
70년 걸렸다

헛, 참
헛, 참
헛, 참

•

없습니다(제주어)

극점에 갔던 아이

내란죄로
행방불명된 아버지
어느 날 내 발밑에 누웠다 떠나는 순간
나도 따라 갈게
맨발에 울며 울며 뒤따랐어
순간 날 선 억새가 깍깍 발을 찌르는 거야
돌아보는 아버지가 그랬어
아버지는 네 어깨 위에 있으니
딸아, 너는 용감하거라

삶의 표피가 온통 재로 부서져
나는 이미 그 겨울의 눈보라 속
이 바다에서 저 바다로
영도다리 건너 건너 방직공장 가는 동안
검은 하늘이 나를 휘감을 때마다
미뻬쟁이들
파닥파닥 인간 아닌 인간의 소리로
파닥거렸어
들풀처럼 떠다녔어
회복할 시간도 없이
당신은 안 보이고 아무 꿈도 안 보이고
연골 없는 노을이 내려앉았어

길에서 살던 마음 아실까 아버지
서성이고 서성이던 여린 마음 헤아리며
슬픈 억새밭 감아올리던
그 가을과 겨울 사이
나는 이미 아득한 극점에 갔던 아이

아실까, 아버지
인간이 아니었던 삶이라
미삐쟁이 바스락할 때마다
조각조각 따라붙는 소리들
떨어질 줄 모르는 그 아이의,

그날들

눈물이 따라올까 봐

순자에게°

하늘에서 하얀 종이가 우르르 쏟아졌어
아버지가 내게 보낸 편지라 믿던 아침
"1950년 8월 사망"
목포형무소 발 전보가 마당에 떨어졌어

바람에 전부 떨어져 나간 이파리처럼
그 겨울의 할머니는
방문 안에서 마른 울음을 울고
나는 문밖에서 울고
눈물이 따라올까 봐

도깨비불들이 유령처럼
이글거리는 길이라
바람처럼 달릴 수밖에 없던 검은 새벽
부두 공사장으로 가는 길
기억은 바람 따라
귓바퀴 뱅글 돌아 휘어지며 오는 거야
잠든 나를 깨우는 거야

돌 하나에 네 꿈이 자란다고
돌덩이 한 바구니 또 한 바구니
등짐 지고 바다를 메웠어

일당벌이 도장 하나 둘 꾹 찍을 때
맑으나 차가운 희망 한 덩이 애처롭다고 남몰래
도장밥 하나둘 덤으로 꽉 눌러주며
꿈벅 하던 감독 아저씨
도장 찍고 가늘고 긴 면발 뽑으러
국수 공장 달려가면
희망도 면발처럼 따라 나왔어

열일곱에 산 돌랭이밭 하나
씨앗 하나 심으니
열여섯 싹이 났어

그러니 아버지, 이렇게 고합니다

허순자(1944년생)
허중길(당시 28세)의 외동딸. 허중길은 1948년 11월, 군법회의에서
7년형을 언도 받고 목포형무소 수감 중 1949년 8월 옥사. 2021년 3월
16일 허순자가 제주지방법원 201호 법정에 출석, 아버지의 무죄를
선고 받았다.

피고인의 그날

피할 수 없는 골짜구니에서
피할 수 없는 바닥에서
피할 수 없는 천장에서
피할 수 없는 하천에서
피할 수 없는 폭포에서
피할 수 없는 바다에서
피할 수 없는 숲에서

바람에게 물어봤니?

오르막에서
내리막에서
하늘에서
땅에서
절벽에서
피할 수 없는 동굴에서

박쥐에게 물어봤니?

'안다'라고 해서 전 '모른다'라고 했고
'보았다'라고 하라 해서 '안 봤다'라고 했고
'주었다'라고 해서 '그러지 않았다'라고 했어요

그러니 세상을
전복하려 했다구요?

빌레못굴˚ 비가

더 이상 한 축의 눈을 빌려주지 않았어
결코 안 들렸어 통로가 안 보였어
깊고 캄캄하여서 소리를 삼켰어
땅의 아가리 속에서 우린 애벌레처럼 웅크렸어

어디로 갔나요
날개 없는 목소리가 들리나요
내 목소리는 더 이상 당신에게 갈 수 없나요
날카로운 동굴의 혓바닥이 천장에 박혀
우리의 지점을 뚫지 못해요
비명은 박쥐처럼 바위에 붙었어요

하루에도 수천 번 온다던 당신은 오지 않았어
더 깊숙이 여릿한 횃불 하나가 우릴 몰았어
돌의 길을 갔어
여러 날을 울었으나 울지 못했어
마른 손가락은 푸들거렸으나 붙잡지 못했어
어쩌다 가물가물 모든 빛이 닫힌 거기까지 닿은 거야

아이가 당신을 기다렸어요
벼락치는 소리가 들렸어요
당신의 소리는 오다가 꺾였어

나의 소리는 당신의 소리에 닿지 않았어
돌 숨에 맡겨 허적
허적 조금만 더 더듬어 봐 안전지대란 없어
굴은 오래오래 기다려온 자의 얼굴로
우리의 모든 숨을 빼 갈 태세로 어둠을 내렸어

뱅뱅 격리된 채 우리들의 거리는
어째서 더 멀어져 갔을까
어쩌다 돌의 어둠에 빠진 걸까
돌아봐요
돌의 울음 거기 어디쯤 있는지 돌아봐요
당신 목소리가 닿았던가 나의 소리는
굴을 뚫고 한 치도 더 나가지 못했어
모공에 박혀 뚝뚝 간헐적으로
떨어지는 물의 목소리를 들어 보아요
손톱 발톱 이미 문드러진 소리들이
맨발로 아우성치는 것이 보일 거여요
걸어온 만큼 울퉁불퉁 돌짝에 긁히고 엎어져
소리는 돌에 쪼인 새의 부리처럼 피 흘리며 부러졌
어요

더 이상 두드리지 말아요

밤눈 깊은 짐승도 길을 못 찾는다는
우린 그물에 걸린 목숨들이야
눈보라의 동굴에 갇혔어 밖은 동굴의 묘지였어
이미 당신들의 목소리는 바람 속에
이리저리 찍히고 돌쩌귀에 흙바닥에 내동댕이쳤어
제발 내 말을 들어주세요 조건이 있나요
내 아이를 죽이지 말아주세요
내 아이에게 푸른 날개를 달아주세요
굴의 내장 속에서 우린 꼼짝없이 기다릴게요

이젠 돌아갈 순 없어
이전 세상으로 돌아갈 순 없는 거야
지느러미로 출렁이는 동굴 안이든 동굴 밖이든
우리가 만나야 할 목소리의 지점을 찾아가야지
우린 바닥이 가리키는 방향으로 갈 수밖에 없잖아
툭!
문밖에서 들어온 푸른 잎사귀 하나, 귀 기울이지

•

4·3시기, 1949년 1월 16일 토벌대는 애월읍 어음리 빌레못굴에 은
신했던 주민들을 발견하였고, 어린아이들을 포함하여 24명을 굴
밖으로 끌어내 학살했다. 30여 년이 지난 후 굴속에서 모녀 등 4구
의 유해가 발굴됐다.

내란죄

맞죠 밭으로 소 찾으러 가다가
약혼자 만나러 가다가
제삿밥 먹으러 갔다 오던 길에
아버지 약 사러가던 길에
친구와 학교 가던 길이랍니다

국가 뒤집으러 가던 길, 맞답니다
그래서 붉은 줄 그었습니다
눈이 너무 동그란 게 기분 나쁘다니요
그래서 눈을 감았습니다

훔친 거라곤 말간 새벽을 사랑한 죄랍니다
그래서 새벽을 보지 못했습니다
목소리가 크다고 가뒀습니다
목소리를 내지 못했습니다

나의 약혼녀 안 준다고
나라를 어찌어찌 했대요
그래서 아름다운 것도 뺏겼습니다
배움의 문 앞에 가지도 못했어요

따지자면 산으로 갔다니 찾으러

떠난 죄 맞습니다

그런데요
내란죄가 뭔가요?

피고인은 보이지 않았다

제2부

수용소의 아기들

1
애도 받지 못한 매장들을 목격한 어머니는
안간힘을 쓰고 너를 버틸 수 밖에 없었지
백기처럼 눈보라가 휘날렸고
태중의 너는 수용소에 들었어
공교롭게 돌지붕 아래서도
어린 손 작은 등을 덮은 건
희망에 주린 시선들이었어
기진맥진 모든 것을 허공에 맡긴 사람들
피난처는 어디에도 없었어
출구가 없으니 선택의 여지가 없었어
누구도 삶을 믿지 못하던
아침에서 밤까지
모두가 뒤척이는 사이에
시어머니 머리채 잡고
구석지에서 이빨로 질긴 탯줄을 자르고 있었지

오장이 왁왁
어둠이 무너지는 순간이었어
한밤중 몰래 알을 낳는 그것들처럼
이미 세상을 마주할 연습도 못한 내게
네가 가느다랗게 왔어

허한 시선들은 그제서야 눌린 희망을 들고 내게 왔어
이미 너는 태중에서
살아내는 법을 알았을까
사람들은 머릿수건을 내게 주었어
갈옷을 벗어 내게 주었어
맨 처음 품어줄 당신도 없는 새
너는 입만 아옥 내 귀에 대고 소곤거렸어

"내가 왔어, 엄마"

2
근데 나는 널 볼 수가 없잖아
우리는 너무나 가깝고 너무나 멀리 있어서
사람과 사이 차단은 너무 많아서
사이사이 건너야 했어

나는 한 사람 또 한 사람
힘든 페이지를 넘기듯 몰래몰래 네게로 갔어
여보
한 번도 불러주지 않았는데도
비린 냄새가

나의 생으로 흘러들었어 그날
그 비좁은 통로의 한 줄기처럼 너는 온 거야
너는 아슬아슬 손가락을 반짝였어
너는 한 잎 같아서
자칫 날아갈 수 있거든
나는 결코 생을 버리지 않았지만
아니? 너는
내 생의 유일한
그날의 맥박이었어

그럴 리가 없다

오라가라 경찰서 호출 명령에
어둑 새벽 나간 엄마는 밤과 함께 걸어서
부은 얼굴로 돌아오셨다
그러고도 또다시 와 문전을 탐색하던
그들이 떠나간 뒤
육남매 입이라고 엄마가 콩 타작을 했다

살면서 그날만큼 아픈 적 없다
살자고 퉁겨 나간 콩알들 쓸어담는데 순간
도리깨가 내 열한 살의 등허리를
후리며 하늘을 쳤다

그럴 리가 없다
엄마가 막내를 쳤을 리가
아니다 엄마의 도리깨는
정확히 나를 향한 것이 맞았다
한번 도리깨 내리칠 때마다 와르르 어느
콩알은 멀리멀리 퉁겨나갔다
나는 떨어져 나가는 콩 한 알도 놓치지
않으려 화륵 뛰었다
엄마의 도리깨가 휘이익 번쩍
칼날처럼 할퀴고 지났다

엄마는 아무런 말도 없었다

왜 그랬을까
살면서 돌아보았다
엄마는 막내를 미워했을까
태어나 고작 쉰 날을 보낸 내가
엄마와 징역살이 함께했는데

아니다 아니다 그날의 감정이 의도한 걸까
엄마의 튕겨나간 도리깨질 어느 대목은
정말 그랬을까

나는 왜
한 번도 엄마에게 그날을 묻지 않았을까

살면서 그날만큼 아픈 적 없다 그날
엄마의 서럽고 더러운 기억들도
온몸으로 타작했을까

법정 무죄 받고 돌아가는 길
그럴리가 없지 엄마
다시 한 번 도리질해 본다

현만석, 희미한 어머니의 연기는°
법정 일기

징역에서 돌아온 어머닌
명자꽃보다 더 야무진 눈매를 가졌죠
야속하게도
어머니의 사랑은 돈이 들었죠

밀주 한 잔 두 잔
대소사에 한 잔 두 잔
일에 치여 고단한 순간 어김없던
"애야, 저기 가서 담배 한 대 말아 오거라"

열일곱에 엽초 말았죠
어디서도 위풍당당 입에 물던 어머닌
그만큼 사는 일도 활활 하여서
생각하면 내 한철의 뻐끔 담배는
어머니 심부름이 연유였겠죠

풍년초 6원 파랑새 6원 진달래 13원
백양 20원 아리랑 25원 파고다 35원
아리랑은 색깔도 담배도 으뜸
어머니 센 일 갈 땐 아리랑이 제격이라
치맛꽃 달아매던
여든넷에는

조금만 펠롱하면
술 사 달라 하였죠
그도 안 되면 당신 발로 가던
독한 한일소주

술도 담배도 아비 없는 탓은 말기로
간도 쓸개도 빼놓고 살아
바람도 어머니 소리 알아들었죠

그런 건가요 어머니
생각하면 허공에 꽂 단 채
가고 없는 희미한 연기는
어머니 사랑의 연기였음을

현만석(당시 32세)
주정공장에 수용 중 1년형을 언도 받고 전주형무소에 생후 5개월 아들과 복역 후 석방되었다. 2021년 3월 16일 제주지방법원 201호 법정에 참석한 아들이 대신해 어머니의 무죄 선고를 받았다.

자전거를 보면

자전거 길 위로
돌진하듯 휙휙 통과하네요
어디론가
동으로 가는 자전거와
서으로 가는 자전거가 만나
휙휙 찰나처럼 헤어지네요

우리 오빠 자전거는 어디쯤 오나 몰라
오빠는 꿈처럼 탱탱한 바퀴를 굴리며
여덟 살 누이를 학교까지 실어날랐죠
바람 불면 우리 막내 불려갈까 무섭다
민규야° 꽉 잡아라
공기처럼 가벼운 누이 태우고 씽씽 달렸죠
바퀴는 누이의 연둣빛 문장을 싣고 달렸죠
나풀대던 검정 단발이 휘휘
내일이 확신에 찬 오빠의 페달이 구를 때마다
콩밭 가득 알갱이들이
시샘하듯 콩알콩알 까르르 댔죠
그날이 있기 전까진

찐 감자 가슴에 품고
정문지기 군인 호주머니에 감자 한 알 넣었더니

내동이치던 그 새벽이 있기 전까진

대구형무소발 엽서 한 장에
샤쓰 한 개 보내 달란 그날 그 후
돌아오지 않는 우리 오빠
휠대로 휜,
바람 빠진 바퀴처럼 더 비워진
여든여덟 이빨 빠진 누이를
다시 태우러 올 오빠는 아직도 안 보이네

파도 따라 달리다 일몰처럼 서서히 멈추는
자전거 바퀴들
다시는 돌아오지 않는
오빠의 자전거
어디까지 갔지?

。

손민규(당시 14세, 작고)
1948년 당시 오빠 손돈규(당시 19세)는 임시 교사였다. 1949년 군
법회의에서 15년형을 언도 받고 대구형무소에서 수감 중 행방불명
되었다. 이 여파로 부모가 희생됐다. 2021년 3월 16일 제주지방법
원에서 무죄를 선고받았다.

그날, 201호 법정에서는˙

지상에서 가장 길고 긴 하루의 법정
333인의 피고인 행렬이 이어졌다
죽은 이름들과 산 이름들
판사는 같은 성씨에
기역과 기역, 니은과 니은 같은
항렬의 이름들을 일일이 호명하였다

할머니의 사진을 들고 온 손자와
애기 밴 줄 몰랐던 여자의 뱃속 아기들과
어린 아들딸이 그들과 처음 만났다
태극기 사랑한 아버지가 형 받고 떠났는데
죄를 계승했다고
죽은 아들 대신한 손자가 항변하였다

혼인 신고 못 하고 떠난 사랑을 찾지 못해서
딸의 딸을 찾아서 아들의 아들을 찾아
껴안는 사랑도 있다

그날 201호 법정에서는
"목포배 떠날 시간 다 됐다 손 놓아라"
아버지 손 꼭 잡은 새순 같은 손가락
억지로 떼놓았다는 그런 아이가 왔다

가짜 이름 가짜 호적 뒤죽박죽 아이들도 왔다
얼굴 모르니 할 말이 없다 하였다

"107세 될 아버지의 죄
내가 죽기 전 끝내고 싶었습니다"
저희 할아버지 구장까지 한 가문
다들 머리 좋으니 빨갱이라고
다 폭삭 망하게 된 그런 집안의,
그렇게 똑똑한 가문의 손 하나도 안 남은 것은
그나마 계집아이라 살아남은 건
정말 기가 막힌 일이란 일흔일곱 손녀의
막힘없는 진술은 낭랑하였고
직선의 폭포처럼 당당하였다

그날 201호 법정에서는
"눈 헤영헌 디 아버지 데려다 놓고" 이후
오는 봄의 노래를 막아버렸다 했다

긴 하루 피고인의 그날을 목격했던 별과 흙바람이,
돌과 파도가 증인이라 소리를 내며
하루 종일 밀려오고 밀려갔다

봄날이 피었다가
그해 겨울처럼 폭풍이 이어졌다

우리말 몰랐다고 국가반란죄
3년형 목포가 꽉 차 징역 15년형 고쳐 쓰고선
대구로 보내졌단 우리 오빠 어디 갔나요
"남은 혈육 살린다고 제 한 몸 버리면 되지
그 몹쓸 놈에 시집간 우리 언니 아흔입니다"
차오른 피울음이 법정을 한참 흐르다 갔다

여덟 살 갈팡질팡 피난길에서
봐선 안 될 주검이
평생의 눈이라는 늙은 고백이 바닥에 엎질러졌고
피고인 아버지 어머니를 찾아보려고
목젖의 말들에 눌린 산 자들의 어깨가
등판을 타고 들먹거렸다

그날 201호 법정에서는
지상의 가장 연한 풀이었다가
쇠비름 질긴 잡풀이었다가
천둥벼락 칭칭 몸에 새긴 자들이 한참을 섞다가 갔고
수치도 모욕도 상처도 씻기고 씻겨

허한 가슴 달래고 세상으로 나가는
그런 사람들이 왔다

마침내 그날 201호 법정에서는
아버지 무죄 큰 절 안 되니 목례로 답했다
어른된 아들이
"오늘이 아버지 생일날
아버지 제삿날에 무죄 올립니다" 남매가 그랬다
오래 살아 길고 긴 밤의 가느다란 빛줄기
죄 없다니 연신 고개를 숙이는 늙은
핏줄들의 고개가 숙연하였다

법정 밖으론 비가 내리고

• 2021년 3월 16일 제주지방법원 201호 법정에서는 4·3시기 불법 군
사재판으로 행방불명된 333인과 2인의 생존 수형인에 대한 재심청
구 소송이 하루 종일 열려 이들 모두 무죄를 선고 받았다(재판장 장
찬수 부장판사).

일본에서 왔습니다

김방자°

일본에서 왔습니다 보이세요? 아버지
방울눈 마구마구 얼굴 때리는 날
아버지 뉘인 모습 내가 보았던 것을

나는 알지 애야 한 번만 안아 보자
그들은 일본서 오자마자 산에서 왔다고
불러내더군 고산천주교 뒷밭
가슴에 빨간딱지 붙이는 꿈 꾼 그날로 끝

남편 죽었으면 그만이지
그들은 왜 네 엄마를 불러낸 것이더냐
바른말만 바른말만 하라 했다지
어떤 말이 바른말인지
태어나 처음 듣는 두렵고 시퍼런 말들
모르니 모른다 하고
그러면 또 하라 그랬다지
어깨 한번 펴지 못해 죽도 한 입 못 떠 넣은 채
밤새 비에 팽개쳐진 꽃잎 같았지 내 여자는
남편 없으면 그만이지 왜 자꾸 그리한 걸까
눈 똘망 두 딸이 펄펄 이울어 가는 것도 모르고

열꽃에 찔려 네 한 눈만 잃지 않았더라면

너는 학교 다녀 면장도 했겠지
적어도 마음 주던 남자 만나 몽글한 사랑
같은 것 한 번쯤은 했겠지
남양*서 태어나 일본서 온 세 살배기가
우리말 못하다고 조롱당하더니 또다시 일본 땅 거기
외눈으로 밀려가 찬바람 속 살지도 않았겠지

그런데도 우리는 오늘 이렇게
닫힌 문 열고 만났구나
그러니 너도 뜨거운 속엣것 다 가는 길에 흘리거라
웃고 살다 만나자
네 좋아하는 노란꽃 실컷 피워놓고 있을 테다

그래요 아버지 빨간딱지 떼고 비행기 탑니다

가슴에 노란 꽃 안고
장대 같은 손자 손 잡고

남양군도

김방자(당시 7세)
아버지 김군택(당시 41세)은 제주지방법원에서 벌금 1,000원을 선고받은 후 모함으로 잡혀가 희생됐다. 2025년 10월 28일 열린 제28차 일반 재판 직권재심에서 무죄 선고를 받았다. 일본에 사는 딸 김방자가 출석했다.

주정공장에서

김을생°

독독독 독독독독
뱃소리 나는 거야
주정공장 앞으로
독독독독
아버지 깊디깊은 몸의 소리
나는 배였어
파도를 베고
바람을 베고
배는 설움을 베는 소리를 내며
밀려왔던 거야
어머니가 그러셨어
다마짱아
오늘 저녁 저 배로
니네 아방 육지로 실어감쪄
통통통통
그 뱃소리 더 가까이 가까이
새벽이 눈 감고 달려올 때
새벽처럼 뛰쳐나간 관덕정 경찰서
아버진 안 보이셔
대구형무소 발 통통통 뱃소리에 실려 온
편지 한 장
잘 있으니 걱정마라

곧 갈게

한 겨울 찬 바람으로 밀려오는
내 마음의 독독독
독독독

그날 이후

고난향

이름이 뒤바뀐 줄도 모르고
알 수 없는 바람에 밀려
파도로 나갔다
수형의 밤은
아린 숨 몰아쉬던 아이까지 하얗게 했다

형기 채워 돌아오던 날
채 여물지 못한 일곱 살의 아들은
다시는 돌아오지 않았다
몸을 씻으러 들어간
웅덩이 속에서 아이는
그렇게 엄마를 맞았다

높은 오름 눈폭풍 속엔
엄마의 몸꽃 아래 아직도 숨고 싶은,
분명 나팔꽃 같은 귀가 펄럭일 테지
텅 빈 마당에 오래 오래 서성이는 그림자
절대 들키고 싶지 않은
숨막힌 기원이 흐르지
다시는
댕강나무 오종종 꽃으로도 오지마라는

멜죽

그녀는 멜죽이라 했고
나는 멸족이라 들었다

멜이 한 통에 한꺼번에 죽잖아
우리도 그렇게 멜 죽듯이 그랬어
박살이 났어

멸족의 친정엄마는
피난굴에서 애기를 낳고
우는 애기를 안고
굴 밖으로 나갔어
맨발로 나간 엄마는 홀로 들어온 거야

주정공장 수용소 나온 어머닌
맨손으로 그 열한 사람 몸을 안았어

불탄 집에 하꼬방 만들어
큰 낭푼에 밥숟가락 열 하나,
나중엔 눈이 멀었어

내가 우는 건
엄마를 엄마로 인정하지 못했고

아기를 아기로 인정하지 못했다는 것
그 하나야

어멍은 유죄입니다°

증언하러 나왔습니다

스물에 목숨 같은 사랑을 잃었습니다
당신도 잃어보았겠지만
그런데도 이것은 엄연하여서, 차마
영문 없이 뺏겨본 적 있나요

도망간 사내 각시라고 이리저리 닦달한 뒤에
망망 바다 건너 감옥 가던 길
갸웃갸웃 굶어 죽는 아이의,
눈동자를 본 적 있나요

에미 가슴 파고들던 필사의 아이, 끝내는
떨궈버린 한 줌을 본 적 있나요

목포항 그 바다에 폴폴 눈이 내리고
내려 덮이는데 파출소 문전 빗자루 위에
명령 따라 포대기의 언 살 부려놓고 돌아선
어미를 본 적 있나요

마지막 숨결은 어미새도 품는다던데
품어주지 못했습니다

목포항 그 바다에 파삭파삭 눈은 내리는데
등 돌려 올라탄 전주행 열차에선
파도가 몰려와 내리 바닥을 쳤습니다

새파란 숨결 하나 덮지 못해서
칠십 년 설운 눈비의 속입니다
이런 어미 본 적 있나요
전주 잠깐 안동형무소로 이송되더니
거기서 우리가 한 일이라곤
남자 죄수 터진 옷 기워주는 일
사과꽃 솎아내는 일
사과꽃 따다 보면 아기가 돌아오려나
내 숯가슴 열꽃을 숨았습니다

피고인 오계춘 무죄라니요?

어멍은 엄연한 유죄입니다

°
오계춘(당시 25세, 작고)
1948년 10월 경찰서로 끌려가 군사재판에서 징역 1년형을 언도 받
아 육지 형무소에서 복역하였다. 2019년 1월 17일 제주지방법원에
서 열린 '제주4·3사건 생존 수형인 재심재판'에서 공소기각으로 무
죄를 인정받았다.

춘월이

한없이 울고 싶어도
울도 못 했지 덜컹 눈치챌까 봐

씻을 물은 내가 당번

물 떠 간 수인의 방
그 앞에 한 동이 비우고 나올 때까지
한 마디 하지 못했지
쪽지 한 장 전하지 못했지
마지막 안부도 전할 수 없었지
비 오는 날이면 창부타령 함께 하던 동갑내기
남편 없는 죄라지
발발 기는 아기 안고 내게 온
전주 감빵 내 친구
목젖까지 솟아나는 고향집 생사 물을 수 없어
풀 젖은 눈으로만 주고받았지

그날은 단 하루 목욕하는 날
그 하룻밤 살아 우린 뚝 끊어진 거라
그 아긴 엄마랑 딱 끊어진 거라

춘월이

소리내 울지 못하던 내 친구
어깨 유난히 가까운 친구
아기보다 그 하루 더 갇혀 비좁은 밤 보내더니
서대문으로 떠난,
죽지는 않았으리 믿지

근데 말이지 그때 그 아기
춘월이 아긴 어디로 갔나 몰라

사는 줄 죽는 줄

고영자°

칭칭한 그 대밭에 가족과 떨어져
다른 줄에 매달려 가던 피난처
동네 아이 셋 꿩처럼 곱았어
귀도 쫑긋 토끼처럼 잘도 예민해
큰 길가 대숲 거기선 저벅저벅 소리도 들려
철버덕 소리도 다 들리는 거야
파방파방 소리가 대밭 위로 지났어
쌩쌩 총부리가 내려갔어
아이고 가슴이 벌렁
우린 숨도 쉬지 말자고
꼴깍 나오는 침도 막았어
총소리 끔끔해서 기어서 나왔더니
언니는 먼 숲에서 나오는 거야

언니 입술이 새까만 거야
"언니는 왜 입이 시커먼 거야"
"삼동 타 먹었지"
"아이고 나도 데려서 가지"
"여기 데스카부도° 쓴 놈이
막 총질해서 우린 죽을 뻔했잖아"

시커먼 입술이 부러운 내게 언니가 그랬어

"우린 아무 소리도 안 들렸어
그러니 너도 줄을 잘 서야 해"

사는 줄 죽는 줄 알지 못할 때
줄 서는 게 뭔지 모를 때
음 사월에

줄 잘못 섰나 우리 아버지
병아리 떼지어 집 나갔는데
딸만 찾던 아버지
72년 만에 왔어
"아빠, 아빠 왜 이제야 왔어" 마구 불렀어

슬프게 비가 오는 날

•

철모

。

고영자(당시 7세)
아버지 고완행(당시 33세)은 4·3당시 예비검속으로 행방불명됐다.
2007년부터 2009년 사이 제주국제공항(옛 정뜨르비행장) 유해
발굴 현장에서 아버지의 유해가 수습되었다. 2020년 1월 신원 확인
결과 고영자는 72년 만에 아버지를 품에 안았다.

제3부

모자 수인

눈오는 날이었죠 다시는
돌아오지 못할 것 같은 그날
제주경찰서 관덕정 옆 헌병대 유치장
어머니 갇힌 그곳
벽 하나 두고 갇힌 모자 수인
양쪽 방에 갈려서 취조 당하는데
어머니 통곡 벽 사이로 새 나오대
어머니 갇힌 울음 벽틈으로 새 나오대
어머니의 비명 소리에
눈물도 터지지 않던 밤

끅끅 울음 삼키는데
두꺼운 얼음장 헤치며
울음이 터진다는 건
언 것이 깨어져 나온다는 것
거기 어머니 비린 비명 나오시는 것
거기 열여섯 어린 아들 나오는 것

어머닌 아들의 비명소리에
속솜허라이 속솜허라이
어머니 안으로 안으로만 비명 토하시대

이제 그 흔적 없어졌는데
어쩐지
지금도 그 비명 소리 새 나오는 거라

모녀 수인

세 살 딸이영 유치장에서 시커멓게 고문당하고 살
아수다 아기가 얼굴 몰라봐수다 음 섣달 초사흘 무명
바지에 무명 적삼만 입고 살앗수다 세 여자에 세 아기
홍역 하다 사흘 차로 두 아기 가고 우리 아긴 통밀밥
에 소금 바당엣 톳 씻어 멕여수다 무지하게 짜고 거친
밥 그걸 꿀딱꿀딱 삼킵디다 우리 아기만 살안 와수다

어머닌 날 데리고 제주경찰서에 갇혔어요 난 세 살
에 감옥 가서 다섯 살 됐죠 어머닌 폭도 각시 엄지손
가락 묶고 발 묶고 매달아 막 매 맞았대요 거기선 옛
날 돌소금이라고 굵은소금 그걸 넣고 주먹밥을 주더
래요 엄만 못 먹고 난 아무거나 잘 먹었대요 어머니
몫도 내 몫도 내가 다 먹었대요 참새 쪼듯 떨어진 알
갱이도 하나씩 입으로 가져갔대요 감옥소 풀어져 나
올 때 나는 걷고, 어머닌 못 걸었대요

애도 받지 못한 소리들

봄은 노을의 묘역에서 온다

누군가에겐
생애 내내 뼛속 가득 압착한 파편 같은
기억의 시작이고 끝이다

부당하게 명예가 죽은 자들은
묘가 없는 곳에서 새잎처럼
오는 생과 가는 생 위를 떠돈다

어느 곳에서도 밀려온다
안 보이는 흩어지는 기억들
애도의 술을 멈추지 마라
들리는가 입에서 입으로 묘연한
그들의 마지막 소리들

나는 바랐다
매장하지 못한 아들과
딸의 시린 생 속에
푸른 당근 이파리처럼 싹 푸른 날이 오기를

어린 피난민을 위하여

1 유리가락지
눈은 팍팍 깊어서 무게만큼 발목을 잡는 거야
어린 발목은 잡힐 새도 없어
봉분 같은 피난지의 눈은 깊었어
불타버린 감자는 미리 썩어서 일찍 썩어서
먹지 못했어

거림길에 안 보이던 큰오빠 왔어
우리 막내 심심하다고
유리가락지 일곱 개 손가락에 끼워 주었어
동골동골 오빠의 가락지는 반짝거렸어

연루될까 봐 가락지도 그리될까 봐
돌숲 아래 묻어놓고 하산을 했어
햇볕 나고 풀잎 은성하던 날
찾아도 찾아도 안 보이는 거야
내 생애 맨 처음 온 빛나는 그것
눈 감으면 구슬이 또로록 흩어져
내 손바닥 위로 오는 거야

오빠는 이제야 죄를 풀었는데
유리가락진 어디로 갔지?

2 숟가락

점령당한 마을의 피난민처럼 몸을 낮춘 밤
이토록 거대한 꺾임 앞에서
나를 잡는 늙은 손 있어
할머니 손이 나를 잡아서
숟가락을 가만히 심겨놓았어
가련가련 메밀꽃처럼
굶주린 말들이 왔어
숟가락을 묻고 떠났어
돌 아래는 흙 그 위는 이파리
돌 아래 숟가락을 숨겨놓았어

숟가락을 찾으러 갔어
보이지 않았어
방향은 다만 가리키는 자의 손가락
하나에 달려있었어

"네 숟가락은
네가 꼭 지켜야 해"

할머니 말씀 아직도 떠날 줄 몰라
붉은 흙 속에 잠겨 있는
눈 감으면 그날의 숟가락 날아오는 거야

법정에서

방울방울 통곡이었다가 마침내 사방을 튕겨 나온 눈물이 벽을 타고 굳어 있었다

눈물은 검사의 입에서 떨어져 나가더니 이쪽 벽면에 튕겨져 앉아 있다가 저쪽 변호인의 벽으로 이송되어 어쩔 줄 몰라 했다 이어 솥뚜껑만 한 눈물이 방울로 벽에 딱 붙어 떨어질 때쯤 이윽고 판사의 벽이 열렸다

"제32차 직권 재심 2023년 6월 13일 화요일 201호 법정 피고인들은 다 망인입니다 피고인들은 무죄입니다 내란죄 국방경비법 위반죄 증거요? 없습니다 증거 조사 마쳤습니다 즉결 처분 받았습니다 그러니 피고인들은 각 무죄입니다"•

•

2023년 6월 13일 재심재판 법정에서는 검사, 변호인, 판사까지 모두 피고인의 죄가 없음을 증명했다(재판장 강건 부장판사).

열한 살, 옥자°

1
아버지 어떡해요
먼 모래밭 속에는 아직도 따스한
눈빛이 있나요?
얼굴을 쓰다듬고 싶어요
아버지
아버지
점점 가늘어지는 빗줄기처럼
목소리가 웅웅 막혀
더 이상 잠길 수 없을 때까지
스스로 무릎을 꿇었습니다
차가운 흙밭 위로 옮겨 뉘여진
검붉게 단단해진 아버지 앞에
아버지의 손과 나의 손이
닿을락 말락 하였습니다
나중에 알았습니다
우리는 이미 서로 닿고 있던 것을

매장 직전의 의례는 이런 건가요
아이는 보아서도 안 되고
만져서도 안 된다
들어서도 안 된다

나무의 손이 안간힘 쓰고 꽃을 붙잡고 있는 동안
아버지의 손은 따스하였겠지요
휘황한 달이 숨고
찬란한 별이 깊은 어둠 뒤에 숨은 밤
모래바람이 내 눈을 찔렀습니다

이상하지 바람이 휘날릴 적마다 난 무엇을 본 거지?
끅끅 사레들린 기억이야

그래서 나는 아버지를 기다리지
내 몸통은 비바람 천둥 번개 지문이 있어
시시한 바람엔 흔들리지 않는
무엇에도 무너지지 않는 꿈을 꾸지

2
아버지는 나에게 곧 올게 하고 떠났다
그리고 이 사진 한 장을 나에게 쥐어 주었다
사진은 지금 눈이 내리는 내내 내 손에 있다

그날이 오면
난 이 사진을 아버지에게 들이밀 것이다

모르긴 몰라도 아버지는 나를
모른다 할 지도 모르기 때문이다
혹시나 나를 알아채지 못할 지도 모른다
나는 아버지보다 훨씬
두 갑절 더 살아버렸기 때문이다

한 아름 들꽃을 안은 다섯 살 꽃무늬 아이
아버지와 그날 즐거운 소풍을 했던
이 무사시노의 기억을 물을 것이다
무릎을 구부린 중절모의 아버지는
내 곁에 딱 붙어 멋진 미소를 날리고 있다

꽃분홍 들엣 것 같은
이 꽃은 무슨 꽃이어요? 아버지
아버지는 생전 나에게만 꽃을 주었을 것이다

그리고 딱 하나만 더 물어볼 거야
내 손으로 꼭꼭 만든 그 주먹밥은 드셨는지도

마지막 순간을 직감한 아버지는
그 수용소에서 내게 담배 심부름을 전갈하셨지
기억하는 담배 한 보루

한 개비씩 삼촌들과 나눠서 연기를 뽑으셨다지
그 연기 모래바람 속으로 다 사라질 때까지
아버지는 무슨 생각하셨는지를

김옥자(당시 11세)
아버지 김형숙(당시 39세)과 셋째 작은아버지 김영숙(당시 29세),
넷째 작은아버지 김원숙(당시 18세)이 1948년 12월 표선백사장에서
희생당했다. 학생이었던 오빠 김성규(당시 18세)는 행방불명이다.

좁쌀죽 한 사발

저녁에 죽 쑤고 아침에 고구마 나물밥
바람 찬 바닷가 억새 움막 시절에
할머니는 끼니마다 아버지 수저를 놓았습니다
할머니의 수저엔 밥 아닌 눈물꽃 가득 찼습니다
얼굴이 얼굴 아니었던,
이빨이 이빨 아니었던,
수용소의 그 얼굴 떠올라
여자 셋 말없이 그렇게 먹었습니다

어디선가 얻어온 어머니의 좁쌀 한 봉지
바당물로 간을 한 죽 한 사발 들고
할머니는 어느새 홀홀
저녁 바다로 나갔습니다

썰물에 죽었는지
밀물에 죽었는지 모를 일
육지 땅 어디서 흐르는지 모를 일
밀물에 한 사발
썰물에 한 사발
살 녹고
뼈 녹은 바당에 좁쌀죽 한 사발 띄웠습니다

먹으라 먹어보라
죽 끓여 먹는다
한 숟가락 같이 먹게

바다의 뼈는 바다여서 기억이 세기로
황혼에 물질하고 돌아오는데
등 뒤의 저녁 바다
할머니 시린 목소리로 출렁였습니다

"죽 한 사발 먹으라"

아침에 아방 죽고
저녁에 딸 태어나던 그 시절,
할머니 죽 떠먹인 제주바당에
좁쌀꽃 부글락 피었습니다

봄밤이 멀어져 가도 당신은 응시하고

나는 당신이 뭐라고 말하는지 듣는다
내가 먼저 부르면
깊은 땅거죽을 뚫고 독독 두드리는 소리
비 오는 밤 창밖으론 이미 비의 숨결로
부르는 소리
마르고 창백한 내 얼굴을 만지고
멍든 가슴을 말없이 안아주고 있음을 느낀다

이 봄이 오고,
기습적으로 동백이
봄밤에 떠나기 전 어떻게
나에게 닿는지 느낀다
풀밭은 이미 그날로 덤벙 뽑혀졌고
애써 방어를 못 하였으나
미친 바람은 결국은 이미 기력 잃고
가장 깊은 바닥을 드러내었다
봄이 떠나기 전 영혼들은
사랑을 찾아서 오고,
어느 죽은 자들은
섬을 배회하며
똑똑히 눈을 뜨고
응시하고 있음을

봄밤이 희미해 가도
아직 멀리 가지 않았음을 보라 한다
봄밤이 희미해 갈수록 당신은 바닥을 두드리며
그들의 소리를 실어 보낸다
반드시 살려내야 할 죽은 자들을
응시하라고

까마귀의 말

한 소녀가 죽은 아버지의 손을 잡고
바다로 가네
한 번도 사랑의 진술을 하지 못한 새가
잃어버린 심장을 쪼고 있네
온 산과 들에 흉터가 박힌
그곳에선 아무도 추궁하지 않는다지
그런 나라 있다지
알겠지
잠깐만
여기 조금만 고개를 돌려보시게
분명 유령이 있다면
이대로 두고 볼까
대체로 쓸모없는 상상이라도
좋으니 한 번만 뒤돌아봐요

이편 활주로에서는
뜨고 지는 하늘의 굉음이 오르내리고
저편 바다로는 연인들이
아무것도 모른 채
구덩이의 비통을 모른 채
쌍쌍이 입을 맞추고 혹은 버스킹 무대 앞에서
어깨를 겯고

그러고도 우린 아침의 해와
저녁의 해가 가르는 이쪽저쪽을 본다네

타는 노을 아래로 홀로 소녀가 오네
붉은 눈으로만 산
한 삶이 온다네

느랑 살앙 전해야 한다

김인근°

화북 중부락 신산모루 13반
일본 유학서 온 오빠는 아직도 집을 못 찾으시나

총구멍 무서워 뛰다가 죽자
나 홀로 달리는 트럭 아래로 스스로 떨어졌어요
애기 낳을 희디흰 산달 올케도
소풍 가나 따라 나온 조카도
온몸 걸고 허우적 일시에 총다발이라

눈을 뜨니 사람도 나무도 눈도 없는
온 천지가 빨강

맨발의 겨울밤 단박에 찢기는 소리
ㅇㅇㅇㅇ
턱도 턱 아래도 일곱 방 맞은 어머니
돌 아래 소리입니다
달랑이는 손가락으로
옆구리 구멍 난 언니를 업고
내 터진 길 터져라 죽어라
달려온 어머니 소리입니다

트럭에 실려 간 아버진 어디서 찾나

손전등 켜 물속의 아버지 찾았습니다

나를 살린 건 어머니 피고름 말씀
쉭 헛바람 줄줄 새는 입으로 하고 또 하신
"느랑 살앙 억울한 우리집
이 말을 전해사 한다"
"법당에서 너는 나를 보고
나는 너를 보고 있을게 꼭 만나자"

곱으멍 살아도 살라는 부서진 그 말씀 하나 붙들고
흰 종이 하나 붙들고
서툰 붓칠 칠한 후에 또 칠하며 살았습니다

가지 끝에 하나 남은 사과 한 알
끝까지 매달린 채 살았습니다

。
김인근(당시 14세)
4·3으로 아버지 포함 가족 8명이 희생되고, 오빠 김호근(1928년생)
이 4·3 당시 군사재판을 받고 마포형무소로 수감된 후 행방불명,
2019년 4월 22일 재심청구, 김호근은 2021년 3월 16일 제주지방법
원에서 열린 재심재판에서 동생 김인근이 출석한 가운데 무죄 선고
를 받았다.

나 죽어 하늘 가면

그때 그 어르신들 어디 계세요
하늘에 큰 방 하나 휘날리겠습니다
떨지 말고 나와주세요
그때 그 곤을동 건너 화북 바다 망동산 아래
소 말 돼지 닭 왕왕거리던 초옥
그 아이 기억하나요
고무줄놀이도, 그림도 일등
그 아이 기억하나요

찾습니다
그날 턱 맞은 우리 어머니
그 병엔 호박도, 소고기도 특효란다
호박은 수저로 박박 긁어 잘 싸매고
소고긴 얇게 얇게 포를 떠 헝겊으로
잘 묶어야 한다
살암시라
살암시민 살아진다
쪽지 편지 주신 분
찾습니다

삼촌님 그 힘으로
백 나도록 살다 왔습니다

삼촌님 덕분에
삼남삼녀 낳았습니다

그때 그 삼촌님 어디 계세요
이젠 숨지 말고 당당하게 나와주세요
하늘에 붓으로 쓴 방 하나 보이거든
부디 찾아주세요
큰 절 하나 올립니다

나 죽어 하늘 가면

눈오는 밤 검은 그물의 실을 잡고

고춘자°

더는 목숨처럼 지켜야 할 것들 없어진
어머니의 겨울은 창문이 없었습니다
눈바람 척추를 쳐대도 꼼짝 없었습니다

죽더라도 고향서 죽자
공습에 새까맣게 머리 탄 남편 친구 본 이후
서둘러 고향으로 다시 건넜습니다
명줄이 가까이 오는 줄도 모르고

밤의 눈에 모두가 숨으러 갈 때
일본서 온 그릇들 숨긴다고 땅을 팠습니다
그래도 땅속에서 하늘 숨은 쉬라고
바깥숨 한 틈 베옥이 땅구멍 냈습니다
폭풍이 가까이 접근하는 줄도 모르고

번쩍 빛 한줄기 땅속의 빛깔을 만나
땅 밖으로 부서지는 순간,
날 선 눈알들이라니
하필 그것이 연루의 파편
두 외삼촌 입산했나 찾아내라고

푸는 체 들고 바다로 가던

할머니 등 향해 단번에 쏘았는데
뒤에서 보고도 모른 척
남의 집 할머니처럼 안고 나선 어머니, 울면 죄인
어린 딸 뒤에서 다 보는 줄도 모르고

그 밤 나 하나 품고 울었죠

밤의 창문으로 떠나간 핏줄들이
총총 들여다보다 가나
눈오는 밤 검은 그물의 실을 잡고
갓모자 바늘 잡던 밤
어머니 붉은 기억 중얼중얼
"떠나지만 않았어도"
"떠나지만 않았어도"
딸이 다 듣는 줄도 모르고

뒤틀리는 섬의 벼랑 떠나서 온
오사카
이번 생은 내게도 전생 같아서
꽃향 들 듯 창문 열고
어디 어디 오시나 들어보기로

어머니 생의 창틀 내 생의 창틀
그때 다 보았다 다 들었다
아직도 흐린 답에 귀를 엽니다

아직도 창문 열고 주무시는지 어머니

고춘자(당시 7세)
오사카 거주. 외할머니 김인후(당시 57세)는 1948년 12월 토벌대
에 의해 희생됐다. 큰외삼촌 한기섭(당시 30세)은 1949년 7월 군법
회의에서 징역 15년형을 언도 받고 마산형무소로 이감된 후 옥사.
작은외삼촌 한창섭(당시 26세)은 1949년 6월 군법회의에서 사형
언도 후 희생됐다. 한창섭과 한기섭은 2023년 10월 17일, 한기섭은
2022년 11월 15일 제주지방법원에서 열린 직권재심 군사재판에서
각각 무죄를 선고 받았다.

제4부

너는 구덩이 안에 있고

어느 생존자의 노래

너는 구덩이 안에 있고
나는 구덩이 밖에 있고

희디흰 너의 손은
구덩이 속에서
나의 손은 구덩이 위에서
서로의 손을 향해 펄럭였지
난 구덩이 위에
넌 구덩이 안에 있고
파도가 된 시퍼런 나무가 바다로 가고
바다를 걷는 사람들 있었지
하늘로 걷는 사람들 있었지

폭풍이 휘몰아치는 시간
나의 눈은 구덩이 위에
너의 타는 눈은 구덩이 속에
나의 입술은 구덩이 위에
너의 붉은 입술은 구덩이 속에서
우린 맞부딪혔지
연기 속에 닫혀버린 흙의 입술과 눈
코 귀 그리고 뼈와 살

놓친 너의
눈빛을 찾았다
거대한 구덩이로 솟구치고
단 한방에 흩어지고 쏟아지고
도랑으로 흘러
콸콸 바다로 가던 날의 백합

들었니?
바람 속 나의 애절을
들었니?
나의 심장 소리를
보았으나 보이지 않았겠지
만났으나 만나지 못했겠지
타오르던 우리 슬픔은
지상의 모든 빛이 모이던
검은 낯빛의 흙구덩이 속에서
짓이겨지고
햇살로 부서지고

검은 칠월에
나는 희디흰 너를 놓쳤고, 너의 길에
나란하지 못했다

몰랐다
구덩이의 안과 밖을 가른 건
움켜쥔 나의 쪽지 한 장

보았다
검은 초록이 눈알 뒤집히고
붉은 등을 보이며 엎어지더니
그대로 절명하던,
흙은 몸을 뒤틀며 숨어들어 너는
단 한 송이의 깊은 파도
희디흰 백합이었지
어쩌면 우린 구덩이와 구덩이에서
만났을지 모르지
너는 너의 구덩이에 있고
나는 나의 구덩이에 있어

보았다
마지막 빛 구멍으로 파고들던 네 먹빛
긴 머리칼이 탕탕 출렁이며 쏟아지고
박동을 멈추게 하던
우리의 그날 시퍼렇게 달려오던 미친 바람을
검은 칠월의

검은 백합 송이송이 파도 파도
넘치던 흙파도의 연병장을

고향에 돌아가고 싶지 않았네

한사코 돌아가고 싶지 않았네
더 이상 물러설 땅이 없었네
다시는 고향의 바람을 맞고 싶지 않았네

차디찬 북풍에 떠밀려
감태처럼 떠밀려
행여 해안에 이르렀는데
차마 고향을 밟을 수 없었네
형무소 문을 나온 그날
버선발로 뛰쳐나온 어머니
후리후리 장다리꽃 같은 여인만 보면
뒤돌아 쫓아갔다는
꽃무늬 애기 담요 돌돌 만
애기 업은 여인만 보면 따라갔다는
문밖의 어머니
기다렸네

간장 한 종지 준 죄인
홀로 떠난 올레를 다시는 볼 수 없었네
알곡을 기다리는 밭으로 갈 땐
올레를 돌아서 가야 했네
문을 열 수가 없었네

더 이상 물러설 산이 없었네
바다가 없었네
밤마다 마당 가엔 노려보는 그림자
문을 열 수 없었네
열었다면 그건 그때 눈이 멀었던 달빛이었겠지
소리쳤다면
그건 그때 분명 호곡하던 파도였겠지

찐빵, 작별

박경생°

어디론가 떠났죠 당신은
꽉 찬 트럭에 실려
달리는 차의 꼬리칸을 좇아
온몸 조준해 넣었습니다 찐빵 한 봉지
고무신착 벗겨진 채
달리는 트럭 안으로 그것은
발효 덜 된 신음을 내며 내리꽂혔죠

그건 오로지 당신에게 할 수 있었던
마지막 인사
순간 날카론 금속성이 그것을 나꿔챘으나
당신을 눈치채지 못했습니다

바람 센 그날 새벽
거친오름 한 자락을 휘돌아 온 비린 안개가
나를 붙들고 놓아주지 않았습니다
그날이 궁금한 나는
정말로 궁금한 나는
묻고 또 묻죠
그날 탈탈 털어 산 그것은
어쩌면 당신에 닿았던가
입도 적셔보지 못했던가

홀로 살아서 미안한 나는
아직도 궁금한 나는
끊겼다 이어지는 그날의 신음을 하며
아흔 해 하고도
세 해를 넘기고 말았습니다
이미 내 몸은 치맛단에
휘감긴 그날의 바람
비린 바람을 채운 몸이 되었습니다

아직도 살아서
미안합니다

수용소의 한 소녀가

내 안엔 밥 알갱이를 찾는 한 소녀가 있어
부스러기를 쪼는 어린 새가 있어
밤마다 일어나 늙은 눈꺼풀 파박거리지

사람들은 내게 왜 묻지 않았을까
내가 본 구멍 이야기를
내가 휘도는 물속 이야기를
삐익 우는 문틈 사이로
내가 보았던 것을

아무도 내게 무엇을 보았는지 묻지 않았어
난 아무 말도 하지 않았어
내가 본 것은 아무것도 없었어

아무 말도 토하지 못한
축축 늘어진 사람들이 내 눈을 스쳐갔어
그들을 봤어 훌렁훌렁
건장한 두 개의 어깨에 몸을 내준 채
풀 한 축 없는 주정공장 나무 대문을 지나
길 건너 바다로 내던져졌어
쉬잇!
문지기가 손을 갖다 댔어

이건 나만 아는 눈 못 보는
눈동자의 일
타지 않는 그날의 일

발갛게 새벽이 오고 저녁이 오고
하늘은 바다로 가고 바다는
하늘로 가고 있었어
아무도 내게 묻지 않았어
난 아무것도 보지 못했어
여덟 살의 초봄 앞으로
다져진 밥알들이 젖니처럼 흩어졌어
노랑나비가 젖은 발로 서 있었어
폴락폴락

소녀와 쥐와 고양이와

그들은 내게 물을 철썩 부었어
그들은 내 언 뺨을 때렸어
동백처럼 붉게 부푼 내 둥근 볼을

내 피멍울을 볼 수 없었어
너에게 보여줄 수도 없었어
그러니 너를 볼 수도 없어
내 다리의 이 자국을 봐
오빠, 밥, 말들이 흩어졌어
그들이 긴 쇠붙이를 갖다 댈 때마다
내 몸은 찌륵찌륵 오그라졌어

두드렸어 아무도 오지 않았어
까룩대던 운동장 마당 구석 초가 곳간,
난 홀로였어 그것도 좋아
생쥐들이 항아리 위로 천장만장 떼 지어
이리 화륵 저리 화륵
고양이가 시퍼런 눈을 켜고 뒤를 쫓았어
파들락파들락
그것들이 내 어깨를, 팔, 다리를 미친 듯이 타넘었어
고문보다 무서웠어

파들대는 깊은 어둠 속 손바닥 창곰으로
바깥을 봤어
밤눈이 왔어 운동장엔
하얗게 하얗게 산만큼 내려 쌓였어
눈 쌓인 문밖에도 쫓기는 쥐와 고양이 세상
풀색옷을 입은 사람들이 포위하고 있었어
두드렸어 아무도 오지 않았어

눈은 절대 안 감겼어, 난 겨우 열두 살
그렇게, 하루 또 하루
서른 날이 갔어

아직 오지 않은 새벽은 어디로
문은 어디로 향하는지 물어볼래
오빠는 어디로 갔는지 물어볼래
한밤을 보내고 또 보내면 엄마가 올까

어디서 목소리가 들렸어
울지 마라 순아°
순아 울지 마라

정순희(당시 12세)

정동호(당시 19세)의 여동생. 정동호는 1948년 11월 중문지서 주요
도로변 정비 작업에 동원, 동네 아이들과 트럭을 타고 이동하던 중
트럭이 총이 신기해 웃는 아이들을 위협하는 경찰에 항의하다 행방
불명됐다. 이로인해 여동생 정순희가 고초를 겪었다.

한 조각
양천종°, 광주에서 왔습니다

나는 한 조각이다

내 신원은
깊숙이 아주 깊숙이 파묻힌 조각과 조각이어서
한눈에 알아볼 리 없겠지만
결국은 돌고 돌아와 우연한 너를 본다

과연 나의 희디흰 진실을 맞췄단 말이냐
벌써 이리도 흐른 것이냐
이제 마른 살과 마른 뼈가
햇볕을 쬐어도 되는 것이냐
네 어린 울음은 어디로
머리칼은 어디로
흰 눈 위를 함께 발자국 내던 내 사랑은
어디로 간 것이냐
바다를 열고 스치는 빈 들판이
내가 보던 그곳과 하도 닮아서
한없이 그쪽으로 기울던 눈길이라
마구마구 휘두른 그 겨울의 그날이
영화도 아니었고
꿈도 아니었다면
분명 내 생애의 일이라

쉭쉭 속으로 울며 달리던 바람은
나의 조각들이어서
아득한 하늘로 이미 날아간 것이냐

묻고 싶었다
과연 그날 아침의 숟가락을
산산 뽑아낸 것은 무엇이더냐
검붉은 어둠 속에서
스스로는 절대 움직일 수 없으나
우리는 기다린다
다만 한 조각이 다른 한 조각을
찾아서 온전히 연결할 때까지
그렇게 우리는 흙으로 구름으로
기다린다

우리는 단 하나의 조각으로 간다
단 하나의 진실로 간다
간절은 언젠가 네게 닿는다
우리들의 눈과 귀가 머리가 안 보여도
캄캄 돌풍의 진창에 빠지면 빠진 대로
그리고 우리는 가까스로
더 이상 꿀 것 없는 파편의 꿈으로 간다

양천종(당시 51세)

밭일하다 광주형무소에 수감. 1949년 12월 4일자 형무소로부터 사망 통보를 받았다. 2019년 손자 양성홍이 출석한 가운데 공소 기각, 무죄 선고를 받았다. 2024년 12월 17일 신원확인 후 유해가 고향으로 돌아왔다.

생존의 법칙

아서라, 오늘 나는
아이를 버리고 온 엄마
억새움막에 너를 버리고 온
비천한 울음을 봐

안아 줄래
한 번만 안아 줄래
하늘 바다 어디로 서야하나
알 리 없는 너에게로
몸을 맡겼지
한 벌의 옷도 없이
한 톨의 관측도 없이
나는 집 잃고 어쩔 줄 모른 애기 고양이처럼
눈만 번득이며 깊은 골짜기로 달렸어
갈 데까지 가볼 테야
흐릿 번진 달빛 아래
연한 옥돔의 껍질 같은 빛이 보였어
그날 나는 구덩이를 보았어
그 소리 때문에 잘 들릴 리 없었겠지만
천둥보다 더 큰 굉음이 쫓아왔어

너는 이미 울음을 거두었거나

귀 닫고 눈 감은 엄마를 기다렸겠지
꼼짝없이 사흘 낮 사흘 밤을
너는 기다린 거야
모든 곳간이 갈라 터진 가뭄처럼 바닥나던 그때
사람들은 무쇠솥처럼 집요하였어
동강 난 숟가락을 찾으려 눈이 반짝였어
필사적으로 달리다 누운 아이를 봤어
철벅철벅 다가오는 어둠 저 편으로
아이들의 울음이 으깨지다가
더 이상 들리지 않는 것도 들었어
해 진 뒤에야 알았지
난 아이를 버리고 나온 아기 품은 엄마
피란이 삶이란 걸

초승달

정봉영°

예비검속 행방불명 위령제 날에
반짝이는 계급장 달고 앉은 왕년의 여군
곁에서 따가운 어조로 한마디 한다

작은 키에 계급장 단 날 보고
언제 군대 갔던 거냐고 의심의 눈초린 거야
52년! 그랬어
우린 애기로구나 그러는 거야
알고 보니 나보다 스물넷 아래 남자가

아버지 빨간 줄 없앤다고
여군에 자원한 그녀

짓뭉개져 사라지던 아버지의 마지막 자리
관덕정 그 마당에서 박수 환호 빵빵 터지는
출정식 갖고 제주호 탔지
열아홉 살에

발보다 큰 군화가 철버덕하던 논산 훈련소
5분 내 청소 2분 안 밥 안 넘기면 몽둥이 찜질
누구 하나 잘 못하면 단체기합 빠따 서른 대
가죽장갑 장교 손이 얼굴 착착착 덤이었지

'애국'의 애 자가 나라 사랑이라지만
그건 정말 질문의 말이야

열세 살에 일본서 와서
훈련소 운동장 낙엽 쓸란 말 못 알아들어
빠따 맞은 날
죽을 만큼 수치와 서러움 밀려
그렁그렁 밤 열두 시 까만 운동장에 나왔지
아무도 없는 거기에

봉아!
부르는 소리
하늘 보니 베옥한 어린 초승달
부둣가서 펑펑 울던 산발한 어머니
층층 동생들

깊어지고 울울한 11월
화단의 꽃나무는 세상 환했어

"초승달이 나를 잡았던 거야"

정봉영(당시 14세)

일본에서 태어나 해방 후 귀향. 아버지 정만종(당시 42세)은 군사
재판에 회부돼 1948년 12월 15일 징역 1년형을 선고 받고 목포형무
소에서 복역. 한국전쟁 후 재검속돼 행방불명됐다. 정만종은 2022년
4월 19일 제주지방법원에서 열린 4·3직권재심에서 무죄를 선고 받
았다. 정봉영은 열아홉 살에 여군으로 입대, 1960년 제대했다.

나의 첫 지붕 아래서

김양언°

그해 겨울 깡그리 불에 탄 집 재건한다고
집집마다 산으로 산으로 향하던 길
한라산 중허리 서까래 나무 세 장
나 홀로 등짐 지고 집으로 가던 길
숨 막히게 휘휘 도는 혹한에
어둠마저 너무 무서워
나무 한 장 버리고 걸었습니다

두 장 들고 가는 길은 멀고도 너무 멀어서
오다가 또 한 장 날렸습니다
한 장 들고 집으로 가는 길
밀려오는 눈꺼풀과 싸우다 싸우다
풀썩 고꾸라졌습니다
알 수 없는 것으로 두들겨 맞은 짐승처럼

문득, 안개 속 가물가물 어머니 소리
아, 등짐 진 채 탱탱 언 몸으로 스러진
어머니의 마지막 언잠 바로 그 바닥인 겁니다
얼른 집으로 가야지 아들아
철썩
바람의 날개로 내 어깨 후리치는 그 목소리

이산 저산 죽음을 덮었던 날바람이
곧 너를 덮치러 온다 아들아
얼른 일어나야지
너도 여기서 당하려느냐
다시 그 목소리
내 눈꺼풀을 확 잡아 올렸습니다

그렇게 검은 바람에 붙잡혀
집으로 미끄러져오던 밤
그래도 버리면 안 될 단 한 자루 서까래
그날의 그 하나는
열여섯 내 손이 들어 올린
생애 첫
나의 지붕이었습니다

。
김양언(1941년생, 작고)
4·3시기 부모, 할머니가 희생되고 형 김정유(당시 23세)는 당시 교
원양성소 학생으로 재학 중 1949년 3월 토벌대에 연행, 광주형무소
에 수감 중 행방불명됐다. 2022년 3월 29일 4·3특별재심으로 형 김
정유의 무죄 판결을 받았다.

저녁바다로 오세요

기억해 봐요
당신과 내가 겨울밤을 한 첩씩 나눠 먹던
그, 밤을 기억해 봐요
(새벽 깊은 잠수를 하였어요
당신의 사랑 행여 식혀질까
그 사랑 물속에서 식혀질까)

염려 말아요 그것을 모를 리 없지요
뛰고 또 뛰는 당신의 심장을 모르진 않지만
다만, 나의 사랑은
너무 오래된 끈으로
칭칭 휘감은 것이 되어서
빗창의 끈처럼 쉬이 끊길 수 있으려나
믿을 수 없겠지만
우릉우릉 이 아침과 저 어둠 사이
먼 산에서 보내는 나의
신호는 여전하여서
끝내 당신이 알아채길 바랍니다

수척할 대로 수척한 몰골로
몰락하는 연보랏빛 노을 속을
자세히 들여다 보세요

구름 바람이 도려낸 문장 한 줄 끝내
피워 물고 서 있을 한 사람 있어

당신은 나를 알아챌 길 없겠으나
거기에 답신이 있다니까요
저녁 바다로 오세요
이미 마를 대로 마른 편지 한 장
당신께 배송합니다
노란 달개비는
노랑으로 자기를 지키는 시간
혹여 배송 지연 뜨게될 지도 모르지만
언젠가 받아주길 바랍니다

여름은 여름이어서 초록으로 자기를 지키고
겨울은 겨울이어서 하양으로 자기를 지키고
사랑은 결국 자기 사랑으로 지키려
애를 쓰던 우리들의 끝 시절
나무들은 이미 하늘로 오를 대로 올라
제 발등을 볼 수도 없는
시간의 층을 누군가 읽고 있습니다
저도 그렇습니다

어린 죄책감
법정 일기

오빠들 다 죽어 나 혼자 재판에 왔습니다
그때 몇백 명 바당 물에 다 쏟아버렸다고요?

근데 왜 이제야 죄책감이 들지?
어른들이 수군수군 할 때마다
귀를 쫑긋하고 심장은 꼭 싸매고
까치발 눈치를 본 거야 휘어진
팽나무 아래서

나를 보면 목소리가 점점 소곤소곤
서슴서슴 주고받는 거야
그러면 난
더 가만가만 아닌 척
귀를 세우는데
가슴은 왜 도둑질한 년처럼 콩콩거렸나 몰라
어느 집 얘기지?
속 질문만 했어
이런 의문이 비잉 회오리바람처럼
파고드는 거야
아무리 그래도 깨놓고 말할 순 없잖아
폭도 가족이랄까 봐
그래서 천연히 난 남들처럼

뒤에 서서 걸었어
그리 걸었어

근데 이상하지
왜 죄책감이 드는 걸까
여덟 살에 어른인 듯한,
그게 죄인 거야
내가 잘못하지 않았는데도 그게
이상한 거야

이젠 물어봐 줘 꾹꾹 다문 말
우리 오빠 폭도지
아무도 안 죽였지
팡팡하니 살젠 도망간 폭도
예쁜 들꽃 한 무더기 우리 춘화 같다고 들고 온 오빠
평생 돌아오지 않는 폭도지

괜찮아 이젠 어른인 척 안 해도 돼
내게 물어봐 줘

나 폭도로 살앗수다
애기 폭도!

돌아오지 않는 당신에게

전찬순°

그대를 보았다
혼절한 채 핏덩이 낳아 하룻밤 보낸 아침
서북풍 휘몰아치는 산지포구 졸락코지에 서서
먼눈으로 멍하니 서서

그대의 신호를 보았다
먼바다 찌르는 눈꺼풀 그 아래 꿇어앉은
일본제 차이나 검정 양복
묶인 손으로 훠이훠이 희디흰 양말 올리는
어랑어랑 이 눈길과 저 눈길이 포개지는 순간
그대가 나를 보았다
내가 그대를 보았다
외눈이 빗발치는 필름처럼
어두워지는 줄도 모르고
조카 수수깡이 자꾸만 헛눈의
고모 손을 잡아 끌었다
와다닥 쏟아지던 눈사태에 움푹 패인
멍든 분화구의 두개골
머릿수건 하나로 메꿔
그대를 보았다 흐린 눈으로
달걀 꿰듯 묶인 채 휘청이던
산지항 그대 뒷모습

가고 오지 않았다 그대
누릿누릿 보리 살 익어갔어도
바다 것들 퍼렇게 살 통통 올라갔어도
오지 않았다 그대는
펄럭펄럭 가슴 뛰던 앳된 청홍의 밤은 없었다
다시는 돌아오지 않았다 다만
새벽의 탯줄 끊어줄 산파 찾아 후닥닥 달렸다는 것
그 하나 죄목
가슴으론 매일 거친 이랑을 돌고
돌아온 쇠비름처럼 박혀서
돌아오는 사람아

그대를 보았다
오늘도 뱃머리 안개가 안개를 지울 때까지
산이 바다로 잠길 때까지
여전히 멀어지는 눈동자엔 어둠이 내리고
눈발은 아그배 꽃잎처럼 폴폴 흩어지는데

그대를 보았다
오늘도 산지포구 졸락코지에 서서
망막이 떨어지는 눈으로 서서

여전히 멍한 눈으로 서서

전찬순(당시 24세, 작고)
남편 강기우(당시 28세)가 1948년 12월 토벌대에 연행돼 대구형
무소에 수감 중 1950년 옥사. 2021년 3월 16일 제주지방법원 201호
법정에서 열린 4·3수형 행불인 재심청구소송선고공판에서 무죄 선
고를 받았다. 전찬순은 4·3으로 후유장애를 입었다.

한 늙은 어머니의 제문

1947년 3월 1일
붉은 꽃물 흩뿌려진 가마니떼기에 덮여온, 너는
흡사 하늘을 향해 말하는 듯 하였다
어찌 된 일이냐

기억한다 그해 그날 너의 언 아침을
발목 달랑 짧은 무명바지
팔랑이며 달려나가던,
아무렇지도 않게 차려준 보리밥 한 숟갈에
"곧 다녀오쿠다 어머니"
바람처럼 굽은 올레 휘잉 멀어져가던 뒷모습을
기억한다 오라동 1029번지

그날 관덕정 마당은 사람들의 시작이었다지
마침내 피워내고 피워내려던
펄럭이던 깃발들의 시작이었다지
3월 꽃봄날의 시작이었다지
다르륵 다르륵 망루의 미친 기관발사 퍼붓기 전까지는

아들아, 어디 감시냐
열다섯, 너는 곧 빛나는 중학 뺏지 달 새 쑥 같던 아이,
누가 너를 결정한 것이냐 네 꿈을 파묻은 것이냐

기억한다
네 희디흰 뼈를 보았다
반 백년 검은 숲에 홀로 누운 너를 일으키던 날
해안동 가족공동묘지로 이장하던 날
쾡 뚫린 탄흔의 자국을 보았다 감히 보지는 못하였
지만
눈물마저 녹슨 쇠처럼 박힌 에미,
가슴의 자국이 그제야 보였다
3·1불상사라니! 숨은 묘비명을 갈아엎었다

기다려도 기다려도 오지 않았다 너는
서럽도록 보얀 눈망울 단 달빛 아래서
흑백사진 한 장으로도 오지 않았다
그날 이후 한 번도 네 이름 소리내지 못하였구나 아
들아
중치막힌 세월아

네 스러진 그 자리,
그 옛날 식산은행 앞이거나 제주차부 골목길
허공의 까마귀도 목마르다 비명 삼킬 때, 퍽퍽
무너지며 함께 먼 길 떠난 삼춘님들

소리내지 못했기에 기억될 리 없던 그 이름,
슬픈 이름들 계셨지
송덕윤 김태진 양무봉 오영수 박재옥 허두용°

그날의 시작은 오늘의 시작이었다
죽은 얼굴들 일으켜 세우는 오늘의 시작이었다
그날은 저절로 올라올 리 없는 포리롱한 봄날의 연
두가,
분홍이 와상와상 눈을 뜨는 바로 오늘이 되었다
보호받지 못했던 우리가 일어나
우리를 결정하는 바로 오늘이 되었다

그러니 잘 가자, 아들아
이제사 먼 데서 늙은 에미의 제문을 바친다
그러니 삼춘님들, 함께 받으십서

°
허두용(당시 15세)
3·1사건의 첫 번째 아동 희생자이다.

행방불명인 묘역을 위한 비가

장례 행렬로 한다면 얼마나 장대한
줄이 이어질까요
제주 사람 사돈에다 팔촌까지
문상 오겠죠
그러면 이 섬의 장례는 얼마나 길고 긴
강물처럼 굽이칠까요

이름 없는 이름들을 찾아주세요
아무개의 처 당신의 이름을
불러주는 누군가는 있지 않겠는가
하여 이름을 써넣자
아무개의 자
또 명미상 1남 2남이라고
쓰여진 이들에게
이름을 붙여주자

한번 왔다가는 들꽃이 어디 있는가
다음 해도 또 다음 해도
법 없이
꽃 피고 지듯
그리 왔다 가리

대전 골령골에서 돌아온 자가 말하기를°

그 폭풍의 날들 속에서
우리의 생은 한 번도 잠들지 못했다
내내 검붉은 밤을 보낸 연후에
살도 뼈도 이미 흩어진 연후에
우리 알 수 없는 곳의 깊은 곳이 되었다
우린 한 곳에 있었으나
누구의 신원을 알지 못한다
당신들이 찾을 수 없는 깊디깊은 먼 곳에서
얼음장 같은 빛을 함께 한 사람들이 되었다
간발의 차 같은 운명도 기대할 수 없어서
주소를 남겨놓은 이도 없었다
살아남아야 한다는 의무는 애초에 아니었다
그 순간까지 창백한 눈동자들이
마지막 붙잡은 것이 있다면
다만 영원의 얼굴들
눈 가득 차오르던 사랑이었을 게다

잠들 수 없는 불빛처럼
죽어서도 깜박이고 또 깜박이면서
어딘가에서 내 빈 몸을 찾고, 찾는 소리에
꿈을 깼다
우리는 누구의 신원을

서로가 서로에게 묻지 못하였으나

마침내 그 기나긴 어둠의 골짜기에서
꺾이고 흩어진 꿈을 꾸다 이렇게 홀로 돌아왔다
부릅뜬 허공에서 흔들리고 흔들리면서
뜨겁게 삶을 퍼올리던 청옥의 북촌 바다
그곳으로 돌아왔다

미안하고 서러워도 괜찮다
그러니 두드려라
온 살과 눈물의 뼈를 모아
두드려라
그곳에 기다리는 당신들이 있다
두드리다 보면 재인지 안개인지 모를 일
이편 땅바닥을 두드리다보면 저편에서
답할지 모를 일
이미 흐린 사랑들이 세상 저편에서
만나기도 하였으리
그런데도 반드시 세상 저쪽으로부터 돌아온다
안다
마침내 사랑이 포기하지 않으면
그렇게 두드리다 보면

슬픈 신원들이 하나둘 돌아오고
그때쯤 당신의 사랑도 돌아온다
어쩌면 당신의 가장 가까운 곳에서
당신들이 돌아온다 나처럼

김한홍(당시 28세)
4·3시기 주정공장에 수용됐다가 징역 7년형을 선고 받고 대전형무
소에서 옥살이를 하던 중 행방불명되었다. 2023년 대전골령골 발
굴 유해에서 처음으로 신원이 확인되어 74년 만에 고향으로 돌아와
며느리 백여옥의 품에 안겼다.

섬의 그곳에는

울지 못하는 마음들이 있죠
한 덩어리가 된 눈의 사람들이 있죠
한 구덩이에 하나의 잎들이 모여
바람으로 몰리거나
구름으로 쏟아지거나
오래 흩어지지 못하는 마음들이 있죠

섬의 어디에나 어느 언덕에서나
너는 나의 눈을 나는 너에게로 스며든
단단한 한 덩이 모녀가 있죠
그들은 모래로 쓸리다 바람으로 쓸리다
우주를 찢는 젖울음 소리를 내죠

섬의 어느 곳에서나 어느 구석에서나
나무와 돌과 숲의 애도에 둘러싸여 사는
납득 없이 죽은 자들의 소리 속에 사는 사람들이 있죠
'있다 여기, 있다'라고 외치는 비문들을
동백이 사룬 기름으로 닦죠

섬의 어느 곳 어느 벼랑에는
돌과 나무가 하나가 되어버린
한 덩어리가 된 사람들이 있죠

꽃수의를 입은 영혼들이 모여
바람으로 몰리거나
빛으로 쏟아지거나
그런 울지 못하는 마음들이 동동 떠다니다가
너는 나의 눈에
나는 너의 눈에 스며들어 한 송이가 된
흩어질 수 없는 구름 같은 마음들이 있죠

섬의 어느 하늘에서나 어느 바다에서나
하나하나의 별 무리가
한 축의 별로 빛나죠

제주 바람을 온몸으로 듣다 보면

저 바다 깊은 곳에서 쉰 목소리가 들린다
맨몸의 벌판에 내던져져
풀처럼 엎드려 있으면
메마른 억새가 인간처럼 허우적
서로서로 살 부딪치는 소리 들린다

"물 한 사발만"
"밥 한 숟갈만"

민다
어깨로 민다
섬을 민다
아니우다
모르쿠다
온몸으로 바락바락 밀리고 당기는 소리들

제주 바람 속에 살다 보면
그저 인간 아닌 것들이 인간으로 보여
고개를 돌리는 자들이 보인다

그 길까지는
재판장

피고인입니다
기별도 없이
날지 못한 질문이 칭칭 온몸을 휘감아서
알 수 없는 바람처럼 형체도 없이 날아갔습니다
삽질하다 던져진 채 사라졌습니다
날마다 빙빙 처음의 자리에서 맴돌고 있는 자입니다
우리는 인간의 법정을 못 본 자
내란죄라구요?

재판장이 답합니다
아니죠 당신들은 어느 순간 당한 자들입니다
자신도 모르는 사이에
우르릉 폭풍의 소리를 내며
쥐도 새도 모르게 억울하게 당할 수 있다니까요
여러분도 들으셨죠?
잘 새기셔야 합니다
물론 저도 마찬가지고요
허니, 제게 감사하다는 말을 하지 마세요
사유는 무언가 베풀어준 것이 없고,
그동안 억울한 영겁의 세월을 보낸
잘못된 과거를 이제야 바로
온전히 잡기 때문입니다

당신들은 설워할 봄이라도 있지만

재판장님
이번 생은 어떤 잔치도 벌이지 못했습니다
죽어 기억해 주시네요
왜냐면 지금껏 우리는 차디찬 신념의 바닥에
있었거든요
아직도 멀었습니까
그때 그 내 사랑
노랑 실거리꽃 피어나는,
그 길까지는

에필로그

법정에서 들었다

1

나는 듣는다. 그들의 등으로 솟아나는 진술들을. 등을 뚫고 나오는 깊은 말들을. 나는 그 말들을 듣는다. 그들의 등 뒤에서. 어떤 말들은 알아들을 수 없다. 말 없는 말들이 더 많지 않은가. 하늘의 피고인을 대신해 핏줄들이 앉았다. 아니다. 재판장이 피고인 "망○○○, 망○○○…" 이름을 부를 때 이미 그들도 그들의 자리에 출석했을 것이다. 핏줄들과 만나고 있을 것이다. 나는 그 말들을 듣는다. 방청석에서.

4·3 당시 일반재판과 군사재판을 통해 죄 없이 죄를 받고 육지 여러 형무소에서 수형을 산 이들. 그러다 홀연 한국전쟁 나고 행방불명된 자들. 70년도 더 지난, 그 기억 속의 사람들. 그 피고인들을 만나는데 어떻게 깊은 곳의 울음인 듯 소리인 듯 들리지 않겠는가.

온다. 1947년부터 1954년까지 기나긴 시간. 눈 속을 뛰어 사투를 벌이던 일명 도피자 가족들의 핏줄들이 온다. 가다 보면 안 보이던 중산간의 사람들이 온다. 어느 공간 어느 외진 구석 슬픈 영혼들 떠돌지 않는 곳 없다. 3만의 죽음들이 섬의 어느 곳 어디에서든 만날 수밖에 없으므로. 잿더미의 대지 위를 잿빛 바람이 덮었고, 울음의 모래가 덮었던 순간들이었다. 불타던 밤. 숲의 돌처럼 사람들이 취급되었고, 키우던 소도 말도 비통하게 몸을 틀었다. 특히 여자들. 말할 수 없는 침묵이 시작되었다. 그럼에도 피난의 높은 산에 오른 소녀는 산 아래 눈 덮인 하얀 마을의 황홀에 몸을 떨었다니. 4·3은 인간의 모든 감정 결정체다.

제주지방법원 201호 법정의 그날은 그런 모든 감정이 뒤섞이는 날이다. 사상에 형량을 달았고, 인간의 존엄은 감금당했고, 감옥에 구금되었던 사람들이 나온다. 사람과 사람들이 서로 다른 눈초리로 서로를 바라보았던 시절 이야기들이 흐르고 있다. 그러니, 법정의 진술들은 서로 섞여서 나오다 꺾어지고 부서지고 흩어지며 날아오른다. 어떤 말은 너무 먼 길이어서 오다가 길을 잃었다. 꽃 같은 할머니의 사진을 품에 안고 손자도 출석하였다.

남편 잃고 백 년 가까이 사는 아내도 기적처럼 앉아 있었다. 한세상 다 얼어붙은 말들이어서 어떤 진술은 더 이상 나올 수 없다. 주정공장 수용소에서 아버지의 고문을 목격하였고, 여덟 살의 눈으로 보았던 그 마지막 장면은 진실이라고, 사람이 중한 거 몰라도 너무 몰랐다고 하였다. "어머니 아버지 끝내는 이렇게 당당하게 한 삶을 이룩한 딸의 모습을 보세요" 곱게 치장한 딸의 목소리가 더 아련하였다.

살아서 법이란 것을 모르던 사람들. 다만 그들을 기억하는 것은 수형인 명부. 국가기록원에서 발굴한 이 명부는 4·3 수형인들의 '붉은 증거'다. 그것은 바로 무죄의 증거가 되었다. 죄명을 모르고 피고인들이 그 명부를 보았을 것이고, 검사가 조목조목 덧씌워진 죄의 연유를 풀어 주었다. 70년 훌쩍 넘긴 세월. 그들을 대신해 법 앞에 선 유족들을 향해 재판장은 맺힌 한을 쏟아낼 시간을 주었고, 서러운 눈물들을 위로하였다.

요양원 어머니를 대신하여 딸이, 며느리가 나오고, 아내 혼자 외로울까 봐 남편이 손잡고 오기도 했다. 절멸의 가족. 홀로 살아난 딸은 '살암시난 살아졌다' 하였고, 그녀의 서울 출신 남편은 아내처럼 고통스러운 삶을 대물릴까 봐 아이도 낳지 않았다 했다.

살다 살다 재판장에 왔다고, 속엣말 당당하게 아버지 대신 내가 죄를 묻겠다고 했던 아버지 닮은 어느 따님. 할 말은 정작 법정이라 다 날아가 버렸는데 어쩔거냐 고개 숙이는 거였다. 상군 해녀 어머니의 눈물이 섞여 들어서 아들은 더 그랬고, 4·3으로 풍비박산, 죽을 만큼 삶이 험악해 몇 번이나 죽음의 문턱까지 갔다 왔다는 후세들의 끊겼다 이어지는 고백들이 이어져 법정은 엄숙한 우수에 찼다.

매일 매일 다니는 부산 영도 다리. 그 아래 바닷물만 보아도 흐르는 저 물에 아버지가 흐르는 건 아닌가 가슴 시려 마음이 엎치락뒤치락 슬프다는 딸의 진술은 또 어떤가. 슬픈 일은 나만 안고 가야지 왜 자식에 말해야 하냐는 당대의 자식들이 외롭게 왔다.

왜 4·3의 아들딸들이 고향에 있지 못하여 일본 땅, 미국 땅으로 혹은 서울로 부산으로 흩어져 사는가. 왜 디아스포라가 나오는가. 그 참혹한 광기의 바다에서 온 가족 절멸. 그런 줄 알았으나 살아남은 그는 미국 뉴욕에서 살고 있다. 해 뜨고 질 때까지 4·3은 숙명이지만, 그 땅에서 반짝이는 날들을 스스로 이뤄낸 사람. 평생 풀 길 없던 행방불명 두 형. 무죄 선고받았고, 돌아온 작은형의 유해도 받아 안았다. 4·3행방불명 묘역 앞에 판결문 놓고 그 표석 쓰다듬으며 통곡하던 그의 출렁이는 어깨를 보았다.

어쩌면 모든 감정마저 강제되었던 4·3이다. 새로 태어나는 4·3은 아마도 그 감정을 대리하고 있을지도 모를 일이다. 어려서 보았던 그 잔혹한 광경들을 이제야 알아챘다는 딸, 죄명이 너무 엄청난 거여서 할 말을 다 잃었다고도 했다. 고통스런 말들이 날개를 달아 퍼덕거렸고, 그것은 멀리까지 날아가지 못했다. 법정의 벽에 오래 매달려 있었다.

2021년 3월 16일의 법정. 사상 초유의 역사적인 재판 기록의 날. 기나긴 피고인의 행렬이 이어지고 이어졌다. 순서대로 재판장이 호명하였고, 검사와 변호인들도 피고인 전원의 무죄 선고를 향했고, 재판장은 그날 아침에서 저녁까지 하루 종일 부당한 희생자 333인의 행방불명된 이들에게, 2명의 생존 수형인에게 무죄를 선고했다. 시가 왔다.

2022년 10월 4일 사상 검증 논란으로 지연됐던 수형인들에게 무죄가 선고되었다. 아버지 명예 회복의 그날, 그 아들은 "늦었으나 정말 오늘로써 제 일생 동안 맺혔던 레드 콤플렉스에서 벗어나고 한이 풀리는 날"이라고 눈을 붉혔다.

2023년 5월 16일 오후 2시 반 법정.

법정 안의 눈물이 법정까지 이어졌다. 아버지와 오빠 행방불명. 부산서 새벽 비행기로 날아온 딸의 진술은 오래오래 나를 드러내지 못하고 살았던 단전의 깊은 말, 단전 아래 눌러둔 말이 그날 툭! 떨어졌다 했다. 남편과 아들을 졸지에 잃은 어머닌 이 더러운 땅을 떠나서 다시는 오지 말라 하나 있는 딸에게 신신당부를 했다. 다들 죽었는데 여자가 무슨 공부냐. 가슴 탕탕 치던 어머니. 그 말이 귀에 쟁쟁해 평생 고향 땅 안 보고 살았다 했다. 무죄 받고 4·3행방불명인 묘역 처음 찾은 오빠 앞에서 한없이 울던 부산 사는 조천 김씨댁 딸. 시로 왔다.

수형인 그녀들의 젊은 날 복형 장소 전주형무소. 그 형무소 터에 주저앉아 기억하던 팔순 여인들의 젖은 눈을 본 적 있다. 더 힘 빠져 출석한 그녀들. 재판장에게 무슨 죄를 지었는지 항변하였다. 수형의 여인들, 이제는 하늘의 혈육들을 만나러 먼 길에 들고 있다. 그들 중 한 사람. 법정 밖으로 나오면서 하던 한마디는 귓가를 적셨다. 내가 들었던 건 붉게 굳은 얼굴의 "헛, 참!" 70년 세월 넘었다. 시로 왔다.

그들을 본다. 진술한 뒤 아쉬움만 남은 야속한 법정! 부모님 말씀을 제대로 전해야 하는데 더는 아는 게 없어 너무 슬프다는 칠, 팔십 대 아들과 딸들이 답답해 했다. 생전에 연좌제 걸린다고 "속슴하라"던 할머니, 할아버지, 어머니였기에. 법정 밖 어느 아들은 손으로 얼굴을 감싸고는 한참을 앉았다 갔다.

2024년 10월 29일 오전 10시 법정. "1929년 기사생 열아홉 동갑내기 부모입니다" 해녀와 선장 부부의 아들이 왔다. 1948년 1차 군법회의에서 내란죄로 육지 형무소로 보내졌다. 이유는 어느 날의 만선. 그 만선의 기쁨을 동네 사람들과 나눌 돼지 하나 잡았다는 것. 그게 폭도에게 줄 음식이라는 죄. 그로 인해 수많은 이들의 목격자가 되었고, 인천과 전주로 1년씩 떨어져 감옥 살다 석방된 부부. 이후의 생은 무지막지 말할 수 없다. 트라우마의 날들. 고향에 맡겨놓고 간 한 살 아들은 젖도 굶었고, 결국 일곱 살에 별이 되었다.

거꾸로 매달려 고춧가루 물 붓기 같은 엄청난 고문의 후유증을 얻은 어머닌 생전 그날들과 싸우다 떠났다. 손톱 발톱 빠지고, 얼굴은 퉁퉁, 귀는 들리지 않았다는 아들의 눈물 진술을 어떻게 담을 것인가. "바다도 진정시킬 수 없는 마음의 폭풍입니다/그날의 바닥을 훑고 쓸어낸다 한들/내 모욕의 이랑들을 지나/그 비명의 계곡들을 지나/두개골 잠 못 드는데 은폐가 될까요?"(《어느 법 아닌 법으로 수도 없이 사라졌다. 누구나 헐벗던, 가난도 그런 가난 없던, 그런 시절이었다. 목숨도 그런 목숨 없던 시절. 어머니는 아이들에게, "너희들은 헌 옷 입지 말앙/고운 옷 입엉 다녀산다/죽으면 죽는 대로 받아들여라" 하였던. 어둡고 쌉쌀한 가을날. 귤나무가 보이는 창의 안쪽에 기대 기침하던 의로운 영혼, 백 살의 할머니가 짓던 아픈 미소를 잊을 수 없다. 아이처럼 눈물 흘리며 떠나간 당신의 사랑을 이야기하던.

나처럼 고통스럽게 산 사람은 없을 것이야. 속 시원히 할 말을 다 하면 부끄러울까. 진술의 아침은 밤 없는 아침이었다. 이 말부터 할까. 저 말부터 할까. 그러다 종이에 꾹꾹 눌러쓴 노쇠한 아들이 젊은 아들의 부축을 받고 와서 큰 소리로 읽다가 그냥 눈물이 말을 먹어서 겨우 다시 이었다. 서로서로 닮은 말들 있었다. 미치도록 공부하고 싶었으나 그걸 못 했다는 한. 재산권도, 효도권도, 제 호적도 찾지 못했다는 말들. 그 모든, 무엇보다 사랑을 잃어버린 일, 그것은 참으로 분통 나는 일.

분명 여인들의 말은 달랐다. 아버지 이름도 잘 몰라

서, 어느 형무소에서 죽었는지 몰랐다는 딸. 여자라서
관공서에 가 우리 아버지 딸로 해달라고 하지도 못했고,
내 생년월일이 왜 달라졌는지, 누구의 딸로 호적 잘못됐
는지 묻고 싶어도 물을 수 없었다 했다. 인간의 존엄은
그해 겨울의 눈보라 속에 파묻혀 헤어 나오지 못했다.
아이들이나 여자들은 죄 없이 죄책감이 들었다 했다.

2

법정의 검사와 변호인은 재판장을 향해 증거가 없으
므로 모두 무죄를 달라고 한다. 한 방향. 모든 진술이 끝
난 뒤다. 숨고르기 하고 10분간 휴정한 다음 재판장의
주문은 단호하다. 간결한 여섯 글자.
"피고인 각 무죄!"
모두의 가슴에 이 한마디가 꽂힌다. 지켜보는 이들은
박수를 친다. 아마 하늘의 피고인들도 이 70년 만에 열
린 재심에서 비로소 자유로이 날아올랐을 것이다.

2022년 8월 30일 담당 재판장은 이렇게 말했다. "여
러분 상상해 보세요. 내 눈앞에서 아들이 잡혀 가는데
장애 때문에 말도 못 하고… 눈물만 흘리면서 얼마나 슬
프셨을까요. 어머니는 돌아가실 때까지 얼마나 많은 한

을 품었겠습니까.”

2017년 4월 재심을 청구한 이들에게 2019년 1월 17일 국가는 무죄를 선고했다. 4·3을 겪은 수많은 이들은 죄가 없다. 1948년과 1949년 당시 군법회의로 억울하게 수형의 몸이 되었던 2,530인. 2021년 2월 4·3특별법 개정으로 일괄 재심, 명예 회복의 길이 터졌다.

누구나 당연한 건 당연하다지만 당연하지 않았습니다
홀로 핀 동백이 홀로 질 때까지
꽃봄은 영영 타버린 줄 알았습니다
누구나 그러할 때 그러면 안 되는,
안 되는 게 법인 줄 알았습니다
(……)
죄 없이 죄가 된, 법 아닌 법 앞의 사람들
모욕도 수치도 속수무책
법 아닌 법 앞에서
눈도 입도 다물던 사람들, 이제 한번
묻습니다 법 앞에서

거기 꽃 피었습니다

여기 꽃 피젠 헴수다

　　제주지방법원 201호 4·3직권 재심 열리는 날은 70년 전 부당하고 억울한 군사재판에 대해 다시 사람의 법정을 여는 시간이다. 4·3시기 부당하게 육지 형무소로 끌려가 억울하게 희생된 이들에 대해 뒤늦은 정의가 서는 날이다. 그러니까 언젠가 진실을 밝혀진다는 역사의 말은 맞았다. 그것은 길고도 긴 길을 돌아서 죽은 자와 산 자들이 힘을 합쳐서 이뤄낸 법이 있어서였다.

　　2021년 2월 개정된 '4·3특별법'. 희생자에 대해 국가가 보상하고 불법 군사재판 수형자들의 명예 회복을 위해 직권 재심 규정 포함됐다. 오랜 시간 4·3이 걸어온 길은 울퉁불퉁 여러 갈래여서 간단하게 축약하기란 어려운 일. 그러다 한 지점이 온 것. 이 재판은 4·3을 정면으로 직시하게 했다. 진혼의 노래, 〈법 앞에서〉가 그때 왔다.

　　그날 이후의 사람들은 또 살아도 산 것 아닌 삶이었다. 붉은 증언인 수형인 명부의 사람들. 국방경비법 위반 내란죄 국가전복 음모 같은 이 무시무시한 죄명들.

　　그저 학교 가다가, 제삿집 가다가, 잔치 벌이다가 사람마다 경우와 경우의 순간들로 붙잡히고 쫓겼던 사람들이었다. 제압당해 배에 짐짝처럼 실려진 사람들이다.

밥 한 숟가락만 먹고 죽었으면 하던 배 안의 사람들, 어디선가 수장된 사람들이다. 돌아보는 그들 눈동자들은 고향의 마지막 길을 직감 했을까.

해서, 긴 기억과 삶이 뒤죽박죽 엉켜서 전쟁을 벌여온 당신들의 삶을 안다고 할 수 없다. 시는 어쩌면 예고도 없이 꽃 지고 바람 불고 천둥 번개 오듯 예측 없는 그 무엇일지도 모른다. 시라는 존재가 그러한 관용을 갖고 있으니까.

그러니까, 법정의 사람들은 슬픔에 무너진 사람들이 아니라 참혹한 땅에서 씨앗처럼 살아 남아 다시 싹을 틔우고, 다시 틔우는 사람들. 험악했던 시절을 만난 나의 이번 생은 더 이상 꽃이 피지 않으리라 생각했다는 사람들. 그런데도 참 이상한 일. 살다 보니 한 톨 싹이 얼굴을 내밀었고 또다시 싹이 났다. 그러니까 이 시는 그렇게, 법 아닌 법 앞의 사람들과 다시 태어나는 씨앗들에게 바치는 한 조각이기도.

법 아닌 법 앞의 사람들. 아직도 기다리고 있다. 먼 곳에서. 호명되고 기억되기를. 부당하게 죽은 봄이 다시 살아 돌아오기를.

해명海鳴의 여운 같은 진동,
경악하며 읽었다

김시종(재일 시인)

충격을 받는 시 작품을 때때로 만나봤지만, 내가 참으로 경악한 시집은 허영선의 《법 아닌 법 앞에서》·《우린 천둥의 밤을 지나온 자들이어서》가 처음이다. 시집의 내용이 몹시 격한 감정을 담은 시구로 이뤄져 있다거나, 일상적인 생업에까지 4·3사건이 착 달라붙어 떨어지지 않는 주제 의식의 흔들림 없음에, 내가 놀란 것은 결코 아니다.

신구新旧 가톨릭에서 천황을 숭배한 일본의 15년 전쟁 종결까지 세계를 석권했던 정신주의를 향한 반성을 근거로 '현대시'는 사고思考의 가시화를 지향해 왔다. 심정의 공감과 정감의 유포를 최대한 배제해 왔던 것이다. 그런 풍조는 당연히 전달 기능으로서의 음감, 청각, 어운, 어조와 관련된 고찰을 배제하는 것으로 이어졌다. 사실대로 말하자면 청각을 개재한 전달 기능은 '현대시'에는 힘에 겨운 문제였다고 할 수 있다.

나는 식민지 언어인 '일본어'를 배우며 자란 자이기에 '사고의 가시화'에는 유난스러울 정도로 집착해 왔다. 그런 내가 어찌 된 일이란 말인가. 허영선의 이번 시집을 읽으며 자연스럽게, 음독하고 싶은 욕구에 사로잡혀 저도 모르게 시를 낭독하고 있었다.

요컨대 내 사고의 가시화를 충족할 정도의 가시력이 시행의 '노래歌'가 돼 그곳에 그득 차올랐다는 뜻이다. 공감의 정감을 기대하며 독음하는 것이 아니라, 심정의 깊은 속에서 욱신거리는 허영선만의 율동감이 낭독을 재촉해 마지않았기 때문이다.

나만이 아니라《법 아닌 법 앞에서》·《우린 천둥의 밤을 지나온 자들이어서》의 페이지를 넘기는 독자는 반드시 낭독하고 싶은 욕구에 사로잡힐 것이다.

작은 시냇가 얕은 여울처럼 눈에 띄지 않는 어운과 어조로 항상 자신을 향한 반문이 여울 물소리를 내는 시집. 도민의 목숨까지 반공이라는 논리로 짓밟고, 총기사격의 불길로 불태워진 향토의 원통함을 허영선은 자연스러운 이미지로 이어지는 낭독의 진동vibration으로 계승하고 있다. 음운의 영역이라 해도 사고의 가시화는 가능하면서 현대시가 오랜 세월 감춰온 세계적인 과제인 음운의 효력을 고요히 울려 퍼지게 하고 있다.

더욱이 눈을 휘둥그레 만드는 것은 고향의 토착어가 같은 어조, 음절 안에서 표준어인 모어와 어깨를 나란히 하는 점이다. 고향을 향한 사랑이 얼마나 깊어져야 언어는 변증법적 지양Aufheben으로 고양되는가.

이 시집은 4·3사건에 대한 끝나지 않는 기억. 이것을 계승하는 자를 겸허히 만들고 만다. 거기에 사유의 깊이를 바다 울음海鳴의 여운처럼 진동시키는 음운音韻의 힘.
어찌 경악하지 않을 수 있겠나.

곽형덕 옮김

법 아닌 법 앞에서

4·3 법정 일기

1판 1쇄 발행   2026년 3월 16일

글   허영선
발행인   신혜경
발행처   마음의숲

편집이사   권대웅
편집   조혜민
디자인   장소희
마케팅   오세미

출판등록   2006년 8월 1일 (제2006-000159호)
주소   서울특별시 마포구 와우산로30길36 마음의숲빌딩
             (창전동 6-32)
전화   (02) 322-3164~5 팩스 (02) 322-3166
이메일   maumsup@naver.com
인스타그램   @maumsup
용지   월드페이퍼(주)
인쇄·제본   (주)교보피앤비

ISBN   979-11-6285-185-2 (03810)

∘ 이 시집은 제주특별자치도와 제주문화예술재단의 2026년
  제주문화예술재단지원사업의 후원을 받아 발간되었습니다.